天 堂

ヘヴン

[日]
川上未映子 著

连子心 译

九州出版社
JIUZHOUPRESS

图书在版编目（CIP）数据

天堂／（日）川上未映子著；连子心译．－－北京：九州出版社，2023.11
ISBN 978-7-5225-2078-0

Ⅰ．①天… Ⅱ．①川… ②连… Ⅲ．①长篇小说－日本－现代 Ⅳ．① I313.45

中国国家版本馆 CIP 数据核字（2023）第 155192 号

Copyright © 2009 by Mieko Kawakami
Original Japanese title: Hevun
Original publisher: Kodansha Ltd

版权合同登记号 图字：01-2023-3066

天堂

作　　者	［日］川上未映子 著　连子心 译
责任编辑	李创娇
出版发行	九州出版社
地　　址	北京市西城区阜外大街甲 35 号（100037）
发行电话	（010）68992190/2/3/5/6
网　　址	www.jiuzhoupress.com
印　　刷	三河市中晟雅豪印务有限公司
开　　本	889 毫米 ×1194 毫米　32 开
印　　张	6.5
字　　数	118 千字
版　　次	2023 年 11 月第 1 版
印　　次	2023 年 11 月第 1 次印刷
书　　号	ISBN 978-7-5225-2078-0
定　　价	58.00 元

★版权所有　侵权必究★

谁都会虚构故事，只要闭上眼睛就行了。
这是生活的另一面。[1]

——路易-费迪南·塞利纳《茫茫黑夜漫游》

---

1 [法]路易-费迪南·塞利纳著.茫茫黑夜漫游[M].沈志明, 译.北京：人民文学出版社, 2015.

1

　　四月末的一天，我打开笔盒，看见铅笔和铅笔之间竖插着一张折成小块的纸条。我将其展开，只见上面用自动铅笔写着"我们是朋友"。淡淡的笔迹，宛如鱼刺的字体，只写了这么一句。

　　我立即把纸条放回笔盒，调整呼吸，片刻后尽量佯装自然地环顾四周。此刻和往常的午休时间一样，同学们一如既往地发出嬉笑喧闹声。为了镇静下来，我将书本反复地叠好，然后慢悠悠地削起了铅笔。在此期间，第三节课的上课铃声响了，周围传来椅子被拉动的声音。老师走了进来，开始上课。

　　关于那封信，我能想到的只有恶作剧。可我不理解，为什么事到如今，他们还要做这样莫名其妙的事。我在心里叹了口气，和往常一样陷入了低落的情绪中。

起初，信被放在我的笔盒里。后来，当我把手放进课桌抽屉时，瞬间能感觉贴在里面的黏糊糊的胶带。每次看到信，我就会全身发凉、汗毛竖起，谨慎地观察周围，可同时也能感到有人在看我的反应。我不知该做出怎样的反应，笼罩在难以言喻的不安之中。

"昨天下雨的时候，你在干什么？""你想去哪个国家？"……明信片那么大的纸上只写着这样的短问句。我总是在厕所阅读，想扔也不知该扔到哪里，无奈只好藏在学生证的深蓝色证件套里。

一切与信有关的事物都没有发生变化。二宫等人一如既往地让我搬东西，心安理得地踢我，用笛子打我，命令我跑步……当他们这样对待我的时候，我就会收到信，上面的句子越来越长。虽然信上始终没有写我和写信人的名字，可当我看到那些文字的时候突然想到，莫非写信的人和二宫等人无关？不过，这个愚蠢的想法在我思来想去的时候完全消失不见了，只是心情越来越沉重。

即便如此，早上来到学校确认有没有信，还是成了我的一个小习惯。清晨，空无一人的教室非常安静，阅读那些散发着微弱的油味、用细小的文字写的信，令我感到愉悦。我非常清楚这很有可能是陷阱，可它们却让我在不安中莫名地感受到了一丝安心。

进入五月后，我很快就收到了一封信，上面写着："我想见你。放学后五点到七点，我在那儿等你。"还写着日期。我的耳朵里传来了心脏剧烈跳动产生的脉搏声。我反复看那封信，直到一闭上眼，那行字就浮现在眼前，上面还有手画的简易地图。我一整天都在思考该对那封信做出怎样的反应，小长假期间也净想这件事了，因为思虑过度，我甚至感到头疼、没有食欲。我想当我慢悠悠地出发前往约定地点时，二宫等人已经在那里了吧，我毫不怀疑自己会被揍得比往常更惨。他们会在那里堵住满怀期待而来的我，然后找到可以欺负我的新噱头，再招致更加严重的后果。

可即便如此，我仍然无法忽视那封信。

那天，我不管做什么都心不在焉。我一整天都在教室里小心翼翼地关注二宫那伙人的行动，却没有感觉到他们有什么特殊的变化。"你看我们干吗？"二宫的小弟向我扔来了拖鞋，拖鞋砸到我的脸上，又落到地板上。他让我去捡，我照他说的做了。

随着放学时间的临近，我的紧张感逐渐膨胀，甚至感到不适。总算熬到了最后一节课下课，我几乎是跑着回了家。我一边跑，一边问自己："真的要去吗？应该怎样做？"可无论我如何深思熟虑，仍然找不到答案。我觉得自己不管做什么都是错的。

妈妈看到我回家，说了一句"你回来了"，接着继续坐在沙发上看电视。我回应她："我回来了。"电视机里传来新闻播报的声音，除此以外毫无声响。家里的每个角落都和往常一样安静。

"我今天中午买了很多东西。"妈妈说。

我从冰箱里拿出西柚汁，将果汁倒入玻璃杯，就那样站着举杯而饮。妈妈见了，让我坐下喝。不一会儿，我听见了剪指甲的声音，不知剪的是手指甲还是脚指甲。

"这是晚饭？"我问。

"是啊，香吧？我人生第一次用粗棉线绑肉块[1]。"

我想，一定是久违的爸爸回来了，可我什么都没问。

"你想早点儿吃饭吗？"

"不用，我要去一趟图书馆，晚点儿吃也可以。"

我居住的社区有一条长达数百米的宽敞的林荫大道，我每天上学都要经过这条路。约定地点就在这条林荫大道中央左拐的地方，那里有一小块算不上是公园的空地。

我四点走出家门，因此，抵达的时候那里还空无一人。我

---

[1] 日本料理中有用粗线绑紧肉块并放进锅里煮的做法，可保证肉块不变形，同时受热均匀。我们熟知的叉烧肉就是这样做出来的。

姑且松了一口气。那里有横放着的汽车轮胎作为座椅，还有用水泥做的鲸鱼雕塑，之间有一片不足五平方米的沙坑，里面到处埋放着零食包装和塑料袋等垃圾。

沙坑表面有干燥的猫狗粪便，上面裹着的沙子宛如天妇罗的面衣。我数了数粪便的个数，结果越数越多，想必沙坑里埋满了粪便。我盯着沙坑，一个念头在脑海里苏醒——待会儿他们会逼我吃。这么一想，我的喉咙便灼热了起来。为了清除脑海中粪便的念头，我深深地吐出一口气，然而身体却更沉重了。

鲸鱼的嘴里是空的，大得可以装下两个我的身体。它的表面原本涂了色，如今油漆剥落得厉害，几乎看不出来了。它的后背和头部有几处用黑色马克笔画的涂鸦。

这块空地站在位于旧公共住宅的阴影中，湿乎乎、黑漆漆的土壤令人不适。

我决定返回到林荫大道上打发时间。我在铁制长椅上坐下，长长地吐气，再缓缓地吸气。我反复想，来到这里是个错误。可就算我不来，结果不如二宫等人所愿也会遭受更严重的欺凌。因此我对自己说，不管怎么选择都是一样的。

我叹了口气，怔怔地抬起头。不久之前还只是黑乎乎的树枝，现在却已经长出了绿叶，风吹过还能听见树叶摇曳的声响。我摘下眼镜，揉了揉眼睛，眺望着林荫大道的远处，景色和往常一样缺乏深度，单一而平坦。而且我总是把眼前的风景像连环画那样截取下来，它们呈长方形，我每眨眼一次，就会把一张画丢在脚边。

过了一会儿，几乎无法思考的我返回了约定地点，看见有人背对着我坐在轮胎上。那是一个身穿校服的女生。我瞬间有些不知所措，思索是否还有其他人，于是立即环顾四周，却没有看见任何人影。

我小心翼翼地靠近她，走到鲸鱼前驻足。她听见我的脚步声后转过头来，原来是我们班的小岛同学。她站起来看了看我，然后微微低下了头。我也条件反射般地低下了头。

"信……"

小岛是个矮个子、黑皮肤的女生，总是安安静静的，不说话。她的衬衫总是皱皱巴巴，校服破破烂烂，身体看上去也总是歪着的。头发又密又黑，发梢向外翘得厉害，显得杂乱无章。鼻子下面看上去总是脏脏的，像长了一层薄薄的胡子，因此她总被大家嘲笑。因为贫穷和不讲卫生，她一直被班里的女生们欺负。

"我没想到你会来。"小岛一脸不相信地笑了，"觉得恶心？"

我瞬间说不出话来，因此摇了摇头。我们就这样默默地站了一会儿。

"坐下吧。"小岛说。我赞同她的话，却没坐下。

"我倒没有什么特别的话想说，只是想和你聊聊，聊我和你。我一直都觉得你和我都需要这样。"

小岛说着，不时地因语塞而停顿。我觉得这大概是我第一次认真听她的声音、看她说话的模样，第一次从正面看她的脸，第一次和女生这样聊天。我的手心、全身都开始冒汗，眼睛不知该看向何处。

"谢谢你能来。"

她的音量不大不小，声音中似乎有一根芯。我点了点头，她看起来也松了口气。

"你知道这个公园的名字吗？"

我摇了摇头。

"这儿叫鲸鱼公园。你看！因为那儿有鲸鱼。不过话说回来，只有我这样称呼它。"她说着就笑了。鲸鱼公园——我在脑海中试着说出口。

"我刚才也说了，一直想和你聊聊，所以才给你写信。我以为你肯定不会来，所以说实话我现在很震惊。"小岛摸着鼻子，比刚才更快地说道。

我又点了点头。

"我希望你做我的朋友，"小岛看着我的脸说，"如果你愿意的话。"

我虽然不知道她在说什么，却还是条件反射般地点了点头。可就在我回应之后，"变成朋友是什么意思""话说朋友是指什么"等各种问题一股脑儿地涌了上来，最终却什么也没问出口。我感到冒出的汗汇聚起来，浸湿了后背。而小岛在听了我的回应后高兴地笑着，叹了口气说："太好了！"接着，她从轮胎上站起身，两只手整理好裙子后摆。她的百褶裙上有几条突兀的大褶皱，上衣的口袋里似乎揣满了东西，奇怪地鼓囊着，露出面巾纸的边缘。

"喜巴胺[1]。"小岛满面笑容地叹了口气，看着自己的脚下。

"喜……"我在脑海中简短地重复，我本想问她说了什么，可又不清楚该在什么时候、如何提问，因此只好以沉默作罢。

"我能继续写信吗？"

"可以。"我说。我的声音奇怪地嘶哑着，脸颊发烫。

"那我还能给你吗？"

"嗯。"我点了点头。

"你会回信吗？"

"嗯。"我说。这次的声音音量正好，我松了口气。

从那之后，我们便沉默着一动不动，远处传来了乌鸦的叫声。

---

[1] 小岛的造词，意为"高兴时产生的多巴胺"。

"再见。"

说罢，小岛的嘴唇微微地弯曲，盯着我看了一阵，然后举起小小的手，噌一下帅气地转身，沿着去往林荫大道的小路快步跑去。

小岛中途一次也没有回头，她的背影在我的眼中变成两个，重叠在一起，一眨眼的工夫就变小了。这种情况，看他人的背影应该看到什么时候——我这样想着，看着她，直到她的身影消失不见。小岛裙子的方形下摆鼓鼓的，里面的东西碰撞后摇晃起来，看起来很重——这个情景印在我的眼底，直到她完全消失不见之后，只剩下裙子下摆还在笨重地摇摆。

* * *

"斜眼！"一天放学后，我听到声音后不耐烦地回头看，结果被二宫的小弟逮着脖子抓回了教室，就像往常一样。二宫在教室中央，和往常一样坐在课桌上，看见我后笑着说："欢迎回来！"接着，他命令我把粉笔塞进鼻孔，在黑板上画有趣的画，直到他们足足爆笑一分钟，笑到无法动弹。听了二宫的话，他的小弟们哈哈大笑起来。其中一个人把我带到黑板前，二宫和其他人也凑了过来。

二宫和我毕业于同一所小学。从那时起，二宫就是班级的中心人物。他是全年级运动最棒的人，学习成绩也优秀。五官端正，任谁看都会觉得英俊。他总是穿着和其他人不同颜色的毛衣，长发及肩。而且，他有三个在各领域人脉广泛的哥哥，他们四兄弟在学校里也很出名。因此，萦绕着别样的氛围的二宫，身边总是挤满了想和他交朋友的学生。进入中学后，他束起头发，讲笑话逗女生乐。不只女生，任谁听了他讲的笑话都会笑出来。他的学习成绩总是名列前茅，初一就已经上升学辅导班了。别说班里的同学，我感觉就连老师们也承认他的优秀。

"快画！"

我一言不发，没有动弹。"真是的！你真是个没有进步的家伙！我们到底要陪你到什么时候？"二宫说着，伸开双手，看上去很是厌烦。他的小弟见了，笑得身子都晃动起来了。在他们一群人的稍后方，我看见百濑正抱着胳膊站在那里。

百濑是我的中学同学，一年级的时候和我同班。他和二宫一样，学习成绩很好，听说还和二宫上同一家辅导班。我没和他说过话。他在学校里总是和二宫那群人在一起，可他寡言少语，从没见过他和同学们一起打闹。我不知道具体理由，不过在体育课上我经常观察他。他虽不及二宫，但也长了一张任谁见了都觉得帅气的脸庞，他们二人的个子都比我高十几厘米。百濑的表情总是让人猜测不透他到底在想什么。二宫他们欺负我的时候，他不会对我直接做什么，而总是站在稍远的地方抱着胳膊看我。

"哎呀，我们也很忙，没时间啊！"二宫说，"今天你把那里的三根粉笔全吃掉，我就原谅你。"二宫先让我把两根粉笔逐一塞进鼻孔里，然后拿着剩下的一根在我的眼前晃来晃去。"喂！斜眼！你好好说'我开动了'再吃！"说罢，他用脚背猛地踹了我的膝盖。

他们无论踹我、打我，还是放倒我，都会小心翼翼地不留下伤痕。我回家后看到身体毫发无损的样子，有时会纳闷，他们究竟从哪里学来的打架技巧。

起初，他们会踹我的膝盖和大腿，后来渐渐改变了部位。他们踩我的肚子，似乎在用运动鞋底试探肚子的弹性，踹得我到处乱飞。我撞在墙上，踉跄着碰倒课桌，发出巨大的声响。"跟往常一样，没什么大不了。"我在脑海中反复说着，等待时间的流逝。

他们抓着我的头发，把我揪起来。我的两个鼻孔里插着粉笔，前牙啃着剩下的一根粉笔。看到这样的我，二宫等人哈哈大笑起来。

此前，我虽然被强迫喝过池塘和厕所里的水，吃过金鱼和兔子小屋的剩菜残渣，可吃粉笔却是第一次。它既没有气味，也没有味道。"快点吃！"我听到二宫的话，闭上眼睛，咔嚓咔嚓地将粉笔咬断。心里只想着要把嘴里所有的东西都咬碎。嘴里发出咔咔的声音，粉笔的断面刺进了脸颊内侧。我什么都不想，只是将嘴里散落各处的碎片按照可以吞咽的尺寸依次吞下。

就这样吃下三根粉笔后，不知是谁大声喊着"可尔必思[1]！可尔必思！"并递给我一杯沾着颜料的塑料杯，里面是白色的脏水，那是溶解了粉笔灰的水。他们把我按在墙上，卡着我的脸，把水灌进我的嘴里。我边喝边泛起了恶心，下一秒就全部吐了出来。鼻子和眼睛被液体和眼泪浸湿，我趴在地上咳嗽起来。二宫等人一边叫嚷着"喂！斜眼！你干吗？"一边跑着躲开。他们看着我，拍手称快，按着我的头让我去舔吐出来的东西。他们的笑脸总是排成一排。

* * *

那天之后，我和小岛开始了书信交流。

因为是第一次给人写信，我完全不知道该写些什么，只是用刚削好的铅笔不断地把脑海里浮现出的事写下来又擦掉。然而，无论我如何努力，内容总是不超过一页纸。虽然信上写的

---

[1] 日本一种乳酸菌饮料。可尔必思取自该饮料的日文"カルピス"的谐音。

都是些琐碎的小事，但是我们渐渐地了解了对方更多的事。为了不被人发现，我会一大早把信贴在小岛的课桌里面，第二天一早就能收到她的回信，然后在厕所里偷偷阅读。我们在信里都没有写在学校里被欺凌的事，虽然这并不是我们商量好的。

我写完信后摘下眼镜，将信靠近左眼，反复阅读那些文字，直到眼睛内侧和头部的一侧产生持续的刺痛感。

我的眼睛是斜视。左眼中的轮廓和右眼勉强看到的轮廓重叠在一起，所有的事物在我的眼中都有叠影。因此，任何东西在我的眼中都没有深度，哪怕触摸近在咫尺的东西也无法精准地控制距离。无论指尖和手触摸了什么，我总是不知道是不是真实地、正确地触摸到了。

你好。我今天看了好几遍你的信。你用的是自动铅笔吧？我用的是铅笔。

回答上一封信的问题，虽然没有特别喜欢的书或者类型，但我的爱好是看书。再见。

你好呀！谢谢你的回信。今天下了好大的雨啊。雨打在伞上的声音真可怕，我还以为伞要破了。回家的时候我走在商业街上，一辆卡车快速驶来，水坑里的水全都溅到了我身上，像漫画一样。这种情况，我应该在对话泡泡里说什么呢？我喜欢写信，先不管字写得怎么样，内容好不好。我等你的回信。

你好。可我写这封信的时候是夜里，风很大。

我总在想，写文章真难，或许比说话更难。练习就会变好吗？我会努力的。虽然只写了这些，可我已经花了一个多小时坐在桌前了。再见。

你好呀！感谢你的回信。期中考试成绩下来了，我难掩震惊，只得了三百六十分。我不问你，因为你肯定考得比我好很多。对了，你帮我想的对话泡泡很棒嘛！下次再下雨，同样的卡车驶过，溅我一身水的时候，我会说说看的。

对了，今天这封信是我第二遍的挑战。第一遍我怎么都写不好，后来我就去刺绣了。是简单的十字绣，我唰唰唰地一个劲儿穿针。我原本想做一个抱枕套，可是没有最重要的抱枕芯。我有绣十字绣用的布，所以绣了很多小花。刺绣我也很喜欢。现在我最喜欢的就是写信和刺绣这两件事。我等你的回信。

你好吗？上次信里提到的声音，我写得不好，不过我知道是什么了，是铅笔。

6B铅笔芯不易折断，所以我经常使用。不过写字的时候我才注意到，你的声音很像6B铅笔芯。这次我也没有信心能写好，不过，我认为你们的相似之处是：温和却浓烈，有坚韧的芯。要是难懂，那我道歉。不过我还是想写下来。

现在是晚上八点半，接下来我要画地图作业了，再见。

你好，你好呀！晚上好！不过你看到这封信的时候，一定是早上吧。你那边的天气怎么样？我这边在下雨，虽然还没到梅雨季节，可晚上却湿乎乎的。雨还在下。

话说回来，我问了好多遍你喜欢的书，可你就是不告诉我！你是保密主义者吗？我没好好看过书，所以单纯出于好奇。我看过的书……想不太起来了。小学的时候在年级文库看过中国的传记之类的，仅此而已。我刚想起来。要不是写这封信，我估计这辈子都想不起来。

对了，看书有意思吗？我忘记问这个问题了。有意思吗？虽然光是学语文我就已经很努力了，不过如果有什么有意思的东西，请告诉我。你说过同样的话，不过我在家也没做什么。虽然没事可做，可奇怪的是，我的心情却像在和什么战斗，安静地战斗。在被窝里、走路时，我总是一边战斗，一边想这样的状态会持续到什么时候。离初中毕业还有一年半，之后按照一般情况会升学，接下来是三年的高中生活。同样的事还要持续好多年。你不觉得很厉害吗？我觉得很厉害。

我有时会想，不知道到时候会变成什么样。或许就像大家说的那样，一九九九年世界可能真的会终结。可是如果没有终结，那肯定不会发生太大变化。

对了，我今天有一个提议。你如果不愿意，请告诉我。

我一直很紧张，可还是要写下来。下个月的第二个星期三要不要再见一面？上次我们在鲸鱼公园见面也是星期三，作为纪念再见一次，行吗？你如果不愿意，请不要说"不愿意"，可以说"开玩笑的吧"。我等你的回信。

你好。今天也是酷夏的一天。五月快要结束了。

首先谢谢你送我的信纸，我很开心。等我用完现在的就用它。

谢谢你肯定我关于紧急通道的提议，我虽然表达不好，但是感觉在那里可以放松地见面。那个地方没人会来，静悄悄的，风吹来很舒服。坐电梯到顶楼，打开右手边的门就是楼梯了，很好找。我在顶楼等你。离见面的星期三还有两周，我很期待。再见。

我现在对待小岛的态度自然与之前完全不同。

以前我只是知道她，但是看到或听到她被女生们欺负，就会渐渐地感到痛苦。于是想到，别人看到我被欺负，也会感到痛苦吧。这种事就算不想过问，只要在同一间教室就会传到耳朵里，就算不想看也会进入视野。

我一直被叫"斜眼"，被喊出去做一些毫无意义的事，被推倒，休息时间还会用全力推动一辆手推车滑行……二宫那伙人从教学楼里看着我，一如往常地大笑。我见过几次小岛被骂肮脏、恶心等各种污秽的话，被遣去买东西，头被按在水槽中并被大声呵斥着"泡进去！"的情形。

信中的小岛明朗活泼，在学校里见到的她却宛若他人。每次在学校里见到她都会感到心痛、窒息，可我什么也做不了。唯有一点，我不想让她知道我看见了，于是我总是移开视线，装作没有看见。

* * *

　　和去年一样,我在学校为合唱比赛和各种烦琐的活动做准备,因此有几次上课没被点到名,从而导致了二宫等人对我的欺凌变本加厉。放学后的走廊和校园里总是充斥着热闹的氛围,而我却只是一如既往地听从他们的命令,跟在他们身后被他们踹,午休时被遣去买面包。午餐时我总是一个人,小岛也是。

　　"你的眼睛太恶心了,我要惩罚你!"

　　一个星期六,在课程和班会结束之后,二宫用食指敲着我的头说。如果是往常的星期六,没有社团活动的学生应该立即放学,然而那天下午我要为合唱比赛练习、准备服装,于是便留在学校里。二宫命令我钻进放置打扫工具的柜子里,直到他说停止。

　　"只要你在,我就不爽。"

　　二宫坐在课桌上,嘴里衔着一根黑色皮筋,一边束头发一边说。

　　"是吧?你们不觉得吗?"

　　被他这么一问,班里不起眼的女生们都红着脸面带微笑,害羞地点了点头。

　　"我就说吧!斜眼只要在这儿,就会削弱大家的干劲。"

我的手被跳绳绑着，嘴里塞着抹布，被扔进了柜子里。

"你别跑啊，跑了的话这一周都会继续哦！"

二宫说罢，他的小弟押着我，把我关进铁门发出嘎吱声的柜子里。

这不是我第一次被关进柜子。逼仄的充满灰尘味的黑暗反而令我感到熟悉。在这种情况下，我决定什么都不想，只是数着数，数到一百后再从一数起。我什么都不想，只是重复着数数。这样一来，我连"数了多少个一百""时间过去了多久"都不再想。当真什么都没想，不产生感觉，也不去回想，单单地把数字在脑海中重复读出来。我脑海的声音中一直夹杂着同学们聊天和唱歌的声音。

我不知道自己在那里待了多久。等我回过神来时，发现教室里安静下来了。我想上厕所却没办法，每次忍耐都会激起一层鸡皮疙瘩。我打算探探外面的情形，于是屏住呼吸、竖耳倾听，可没听到人声。我感觉自己被关了一个多小时，实际上可能是两个小时或更久，我无从得知。

尿意之下，我的小腹疼痛起来。为了不被二宫发现从而遭受更过分的欺凌，我甚至想过尿在这里或许更好，最后还是决定试着用腿轻轻地推开柜门。我稍微一用力，随着一声金属声响起，门打开了，我被耀眼的阳光晃得眯上了眼。教室里空无一人，我小心翼翼地去走廊俯瞰操场，只见刚才还在教室里的吵闹的男生女生正在玩球，发出奇怪的叫喊。我本来想确认二宫在不在那里，却看不清。

我松开手腕上的绳子，走在空无一人的走廊里，向厕所走去。因为小腹胀痛，我进入了厕所的隔间，安静地待了一阵儿。如果我擅自逃出的事被他们知道了会怎么样？他们会对我做什么？——这些想法浮现出来，又消失不见。我打心底里感到厌烦。我永远都无法习惯想象带来的痛苦。不过如果我说想上厕所的话，他们或许能理解我？或者二宫早已忘记我，回家去了……这些思绪占满了我的脑海。

我希望自己尽量想些别的事情，于是想象着和小岛见面的日子。我十分期待那天的到来。再过十天，就会迎来我们约好的第二个星期三了。我拿出小岛的信，反复阅读。我从中挑选了几封满意的信，同样夹在学生证的证件套中随身携带。其余的信我都收在卧室书架上的字典函套里。我也经常在卧室里反复阅读小岛的信。

我被扔进柜子之前没看到小岛的身影，她今天大概安然无恙地回家了吧。她那坚硬的头发浮现在我的眼前。我不禁想起在比赛练习时有人说她口臭，用胶带粘住了她的嘴，我心痛不已；想起一个身体壮硕的女生大笑着用力撕掉胶带的情景；还有她说的"这样不是只能清除这儿的脏污嘛"……我叹了口气，把信收好。我不知道小岛看到我被欺负的时候是不是这种心情，非常难过。

就在这时，我听见一个声音越来越近，有人走进了厕所。我不禁屏住呼吸，身体僵直。我犹豫了一下，最后还是打开了门锁，为了不被发现，我用手悄悄地按着门以防敞开。我保持着这样的姿势，屏住了呼吸。

那是男生的声音。起初我不知道是谁，后来我突然明白是二宫，只是他的说话方式和我印象中的不太一样。我的心脏剧烈地跳动着，声音大到似乎能被别人听见，我咬紧牙关，努力保持镇定。我脑海里飞速闪过各种想法，甚至不能正常呼吸。

门的另一侧似乎是二宫和另一个人。另一个人声音很小，能听出来是男生，但我不知道是谁。二宫扑哧笑了，我听见他说了"好吗""希望你做得更好""完全不是"之类的话。二宫他们只是在厕所说话，我没有听到小便的声音。"你又不懂。"我听见他这样说。虽然很难描述，但是他的语调让我非常不适应，类似于一种撒娇或装傻的说话方式。另一个人回应了几句，但我没有听到，也猜不到他们的话题。拧动水龙头洗手的声音传来，接着是二宫的笑声，然后突然安静了下来。我竖起耳朵努力聆听发生了什么，又传来了二宫的笑声。我在隔间里完全没有活着的感觉。我紧闭双眼，努力告诉自己：我不在这里，这里没有人。过了片刻，听不到他们的声音了，我知道他们离开了。我又静静地待了一阵儿，直到感觉不到他们返回来的迹象，我才跑回教室，确认二宫不在之后拿起书包走出了校门。

* * *

六月的第一周结束，第二个星期三到来。我终于能在信里约好的紧急通道楼梯上见到小岛了。她看见我，微微抬起了手。我学她那样，也抬起了手。

我想象过自己会紧张，却惊讶地发现自己完全不紧张，好像不久之前才见过面。我不知道是不是一直通信的缘故，如果是，那么信的作用可真厉害。

"你常来这儿？"

"嗯，有时会来。"

风一吹，身体就会变得轻飘飘，小岛开心地笑着。小岛的脸上隐约可见薄薄的脏污，校服上到处都是褶皱。现在的她和学校里的她看起来没有丝毫不同，乱糟糟的头发仿佛一只小动物。眉毛下垂，下面的两只眼睛水汪汪地盯着我，脸上挂着微笑。我们把头探出栏杆，俯瞰街区。一阵强劲的风吹来，小岛开心地笑了。风声夹杂着小岛的笑声回荡在我的耳边。

我们坐在水泥楼梯的不同台阶上，十分自然地聊着天，似乎可以就这样待上几小时。我们聊了一会儿，我的心情平和多了，小岛看起来也很放松。

我带来了语文课的笔记本，这是小岛的要求。

"我没认真写。"

"没关系，我看看。"小岛伸出手说。

"很无聊的。要是想看我的字，在信上不是看过了吗？"

听了我的话，小岛说："我想看竖着写的字。"

我刚拿出笔记本，小岛就迅速夺走了，用另一只手从书包里拿出她的笔记本，啪地放在我的膝盖上，说："跟你换。"

小岛的字和信上一样，是用自动铅笔写的细小的字。她仔细地写了许多东西。她两手拿着我的笔记本，展开放在膝盖上，饶有兴致地凑近了看。她专心地看了一阵儿，突然鼻子里发出了"呼"声，眉毛夸张地抬得老高，点了点头说"我大概知道了"，然后笑了。我问她大概知道了什么，她回答"是秘密"，接着她站起身，张大嘴打了一个哈欠。感觉能看到她红色口腔里的全部内容，我不禁移开了视线。

天空深处传来一声闷雷，气氛越发沉闷了。小岛小声嘟囔着"雷"，将下巴抵在栏杆上，没动身子，只把头非常缓慢地转了过来。我也应道："打雷了。"

"对了，不久之前不是窗帘、文库本、黑板擦上的带子等许多东西都被剪了吗？"小岛对我说。

"是的。"我几乎条件反射般地回应道。

四月末，教室里开始出现一些物品和同学们文具的碎片，引起了一些小骚动。在我的印象中，那已经是很久之前的事了，然而仅仅过去了两个月。起初，同学们发现窗帘的下摆被剪了，接着是女生们装有体操服的袋子四角被剪了，之后又接连发现被剪的文库本的封皮、黑板擦的带子，还有被剪短了两厘米的扫帚……

就这样，每当有人发现这样的痕迹，全班同学就会大肆喧闹一番。这些物品不是被明显地剪碎，而只是用剪刀尖的几厘米剪过的程度，切口看起来都一样。这种事连续发生了几回，那阵子同学们都雀跃地在寻找"犯人"，可是一点线索都没有，最终便不了了之了。在此期间，大家都厌倦了，过了两周就忘得一干二净。我想起自己当时只顾着担心会不会有人撒谎，嫁祸于我，因此心情非常低落。但直到小岛告诉我这件事，我才回想起来。

"那是我干的。"

"是吗？"我有些吃惊地说，"没人知道是谁。"

"嗯。"小岛点了点头。她盯着运动鞋脚趾的部位看了片刻，说："你不问我为什么吗？"

"为什么？"我问她。

"我不是希望你问我。"小岛说着，扑哧一笑，"没什么像样的理由。我只是觉得用剪刀将物体——并不是什么都行——

咔嚓咔嚓剪掉的时候……我说不好，就是有种终于能做好普通事的心情。"

"普通事？"

"嗯。"

"能静下来？"我问。

"非要说的话，正相反。"

"要是相反的话，那就是不安？这是你所说的'普通事'？"

"不是。"

小岛撞击着两脚的脚踝，发出砰砰的声响。

"我……该怎么说好呢，总是感到不安，神经紧绷，无论在家，还是在学校。可是呢，总会发生一些微不足道的好事，比如像这样和你聊天，还有写信。这些对我来说是天大的好事，因此我会感到安心，这安心让我高兴。可我后来发现，平常感受到的不安和安心都不是自然而然，而是非常特别的……因为能安下心来的时间非常少，人生的大半都是由不安构成的——我不希望我的人生一直这样。因此，我的心里有一个既不是不安也不是安心的部分，我想把这部分作为我的'标准'。"小岛说罢，闭上了嘴。

"标准……"我重复道。

"是的。所以我努力抓住这份'标准'，如果不能明确地知道这就是自己的标准，感觉一切都会变得糟糕。"

"那你在用剪刀剪东西时,是你的标准在主导吗?"

"没错。我在脑海中一边说着'标准、标准',一边咔嚓咔嚓地行动。只有在那个瞬间,我的心里既没有不安,也没有安心。因为我的标准来到了剪刀尖。"小岛说着就笑了。

"可你已经放弃了。"我说。因为在人们发现被剪掉的几样东西后,骚乱也只持续了短短几天,从那之后就再也没发生过。

"本来在学校干这种事就很奇怪。"小岛叹了口气说,"因为这种事明明是难以解释的私密事,却公然用别人的物品进行,这是错的。"

我点了点头。

"我一般都在家里剪纸,虽然不能完全尽兴。剪了纸,别人不会多想,剪完后还能立即扔掉。可是剪的手感,怎么说呢,或者说好的标准……不应该是能轻易扔掉的纸,而应该是更绝对的、重要的东西。我也不太清楚。"

我听了她的话,稍微想了一下,问道:"绝对的、重要的东西,比如说呢?"

小岛低吟了一声,说:"怎么说呢,我也不知道具体是什么。"她用手揉搓着眉毛,发出了沙沙的声响,是真的发出了沙沙的声响!

"指甲呢?如果指甲可以,有很多哦。"我说。

"指甲没意思。"她索然无味地说,"我不是一整个剪掉,而是一部分。重要的是一点一点地剪。你认真看过吗?学校的物品都只剪了一点儿,对吧?完全是剪掉同样的长度哦。要是剪掉很多,或者随意乱剪,让物品失去功能可不行。我的目的不是影响物品的功能。"

"影响功能?"我说。

"对。比方说窗帘,该怎么说呢……如果损伤了它作为窗帘的功能可不行。不过指甲也是,剪指甲并不意味着全部剪掉,可以说是有条件地剪。只剪掉一点儿的话,指甲很容易钩住什么,很危险。我爷爷奶奶的指甲都曾有过小伤口,没有理会,结果感染了细菌,得了破伤风。破伤风是最坏的结果。细菌从伤口感染,接着进入身体,最后噌一下到达脑子,脑子就坏了,流着口水在床上滚来滚去,最后死了。"

"'脑子坏了'是什么意思?"我问。

"'脑子坏了'就是……"小岛说,"你不知道吗?很有名的,狂犬病、犬瘟、脑挫伤这些病都包括在内,是很厉害的病。"

"他们真的是因为这个病过世的?"我带着笑问她。

"当然!就是因为这个病过世的,两个人都是。"小岛瞥了一眼我的眉头说,"所以虽然可惜,但我不剪指甲,必须得是更好的其他的东西才行。"

后来我们又聊了许多别的话题,诸如瓢虫的花纹、自行车车座的高低、水晶球，为什么钱不够的时候不能印刷，还有世界的终结。我感觉还能聊很多，可时间过得很快。我们默默地看着天空，西边的天空被夕阳染红，一天就要结束了。乌鸦还在持续叫着，仿佛在追随什么。我和小岛都舍不得离开，我想问她还能再见吗，可是没能问出口。小岛嘴里说着"再见"，却开玩笑似的从楼梯上三番两次露出脸来，我一看到她就会笑。最后，小岛大大地挥挥手，消失在我的视线中。

* * *

我第一次见到现在的妈妈是在六岁的冬天。

此前，我和祖母一起生活。祖母去世后不久，妈妈就来了。爸爸从没说她就是我的新妈妈，也没说今后要一起生活，只是从那天起她理所当然地住进了这个家，开始做饭，和我一起吃饭。

我们一起生活了一年多后的一天，妈妈突然一脸为难地对我说："请多关照。"当时我们正相对而坐，吃着甘甜的鱼，看着电视里播放的一群袋鼠向着夕阳奔跑的场景。我不知道该说什么，过了片刻，只回应了句"请多关照"，便继续默默地吃饭。

现在的妈妈看起来和七年前毫无变化，和那时一样的发型，没有变胖或变瘦，身穿同样款式的裙子，袜子总是押到脚踝的位置,再折成相同的厚度。

"什么?"妈妈一边卷吸尘器的线,一边看着我,问道。

"没什么。"我回答。接着说起开始游泳和即将考试的话题。

"怎么样?"妈妈的声音听起来似乎不太感兴趣。

"游泳还是考试?"

"那就考试。"

"还行吧,跟平时差不多。"

"难吗?"

"有的难。"

"哦。"妈妈一边转动肩膀,一边说,"话说回来,二十分最讨厌了。我感觉还不如零分。"她没看我,笑着说,"考零分更神清气爽。"

"零分反而很难得呢。好像有的学科忘写名字的话能得到零分。"我说。

"算了,我也不懂,不过你要好好努力啊!"妈妈说着,手拿吸尘器站起身来,"考试结束就是暑假了吧?"

"是的。"

然后,她突然想起什么似的看着我的脸说:"你说……吸尘器的线上,红色胶布意味着'到此为止',可是在红色胶布之前还有黄色胶布,是什么意思呢?我觉得光有红色胶布就足够了。"她一脸不可思议地问我。

"确实。"我说。

她似乎不太满意地去了厨房。

六月下旬的大雨倾盆而下,每天都十分闷热。我为了透气打开窗,湿气便涌了进来。无论在哪儿,空气都和上学一样令人窒息。到了美术课的时间,二宫说要"铺一条路",于是让他的小弟按着我,迫使我伸开手掌,他们用打开的订书机在我手掌上啪啪地压下订书针。手掌上留下的圆圆的痕迹一跳一跳地疼。连续的阴天,使得空气中的雨水气味久久不散。

小岛和我依旧在通信。那是我唯一真正意义上的快乐。我用她送我的信纸认真地写回信。

我卧室里的字典函套已经被小岛的信撑满了。在被不安困扰得睡不着的夜晚,在担心今后、担心上学又无能为力的时候,我就会躺着看向书柜,盯着装满信的字典函套的书脊。那里有许多小岛写给我的话。那个小小的长方形在我的眼里依然有重影,但我能感觉到它在黑暗中对我散发出模糊温和的光,似乎伸出手就能触摸到。我想,如果我的信也能在小岛痛苦的时候帮她缓解,给她带来这样的心情,该有多好!

你好吗?七月来了,期中考试明明刚结束,这个月就要期末考试了,真难以置信。

前几天我数了数这两个月来我们通的信，你觉得有多少？你那里的信和我的一样多，你如果想知道，就数数看！我相信你会大吃一惊！

话说，信可真神奇啊。我如果拜托你给我看，就能读到自己写的信，但是只要我不这么做，就肯定读不到，是吧？感觉非常奇妙。不过，为了你将来想读自己十四岁写的信时就能来找我，我会认真保存你给我的信。对了！我刚想到一个好主意。一九九九年七月的第二个星期三，无论那时我们在哪里、在做什么，都见一面，怎么样？到时候我们都带着各自的信，见一面，怎么样？我觉得这个主意非常好。你觉得呢？在哪里见面好呢？我等你的回信。

你好。前几天我在书店看到了诺斯特拉达·穆斯的预言书。就像你说的那样，书里有四角形的太阳照片，还有玛丽亚眼角流血的照片，可我不懂这些为什么和世界的终结有关系。不过，我确实充分地感受到了不祥之兆。真不知道会变成什么样。好像每个世纪之交都会产生这样的骚乱。无论如何，你不要过于担心。如果世界终结，约定的那天我们是不会见到的。再见。

你好呀！我最近在想，二十二岁的你究竟会变成怎样的人呢？如果我们能保持通信到那时候就太厉害了。

今天我想拜托你，或者说邀请你。

期末考试结束后，我想带你去个地方。如果这个暑假来不及，就再也看不到了。

那个地方就是天堂。

你考虑一下，我想一定会很棒。等待你的好消息。

你好。你的秘密似乎要保守到当天，我非常期待。会是哪里呢？我期待着。你在准备考试吗？数学的考试范围比我想象中的要小，真是庆幸。不过，理科我有些不知道该从哪里下手。如果得了红分[1]，之后还要补习，我们都要努力哦。再见。

你好呀！考试只剩下英语了，我所有科目都考得不好。

---

[1] 日本中学教育中的一种评分方式。不同的学校会根据科目的难易度进行调整。一般情况下，29分以下为红分，如果得了红分，就要参加补考或补修。

去天堂的事，安排在暑假第一天，行吗？暑假第一天的早上九点，我在闸口等你。

自从约了小岛暑假出门，我做什么事都静不下心来。

虽然我很期待小岛要带我去的天堂，但对我来说，更重要的是和小岛见面，一起出门。我完全不知道这种情况应该带什么、穿什么，需要多少钱。我从没考虑过穿着之类的事，都是凑合地穿着妈妈随意买来的衣服。我想来想去，决定不穿有花纹的衣服。我的衣服屈指可数，可我却想了好几个小时上衣裤子如何搭配。最终，我决定穿深蓝色的圆领T恤和从去年起一直穿的牛仔裤，以及上学时不穿的匡威牌篮球鞋。可这样合适吗？我思来想去也不得要领，也没人可以商量这种事，于是只好在犹豫中做出了决定。之后不得不考虑要带多少钱，我从压岁钱和每月的零花钱里取了将近一万日元。数完钱，我想有这么多应该够了，于是打算把钱装进钱包，再放进裤兜里。我想无论发生什么事，只要有了这笔钱就肯定能克服。然后我又开始烦恼穿着。

结业典礼那天，我在厕所里反复阅读小岛的信。为了能经常像这样读到她的信，我把它们放进了学生证的证件套里。后来，我沿着墙回到教室，看到二宫等人坐在堆放于教室中央的课桌上，大声地谈笑着。虽然我没打算偷听，但是他们的声音传进了我的耳中,他们在聊辅导班的夏季讲习。我尽量无视他们的笑声,逃避他们的视线,不发出声响,屏着呼吸坐在椅子上,把手掌放在课桌抽屉里冰冷的地方,一动不动地待着。

铃声响起,最后一堂班会结束,教室里像解放了一样喧闹起来,同学们像平日一样吵吵闹闹地走出了教室。我看见一个女生在走出教室之前踢了一脚小岛椅子的靠背,小岛吓了一跳,身体僵直,怔怔地待了一会儿。待女生的小团体离开之后,她才背起书包,手提看起来很重的行李,缓缓地走出了教室。

我目送了她的背影,把一沓讲义收入书包。就在这时,二宫的小弟突然敲了我的后脑勺,我瞬间咬到了舌头,后牙狠狠地咬住舌根,还发出了闷声。舌头麻了,疼痛使后脖颈突然僵硬了,我甚至不能闭上嘴。唾液中混杂着的血腥味在口腔中扩散开来,舌头没有恢复正常的迹象。一阵阵抽痛的脉搏在脑海中跳动,同时口中开始积满液体,我只能不断地吞咽。

人们的身影越来越远,我坐在除我以外空无一人的教室里动弹不得。走廊里传来了轻轻的口哨声,我知道有人正在向教室走近。不知道为什么,我条件反射般地想躲在课桌下,可没来得及。

走进教室的人是百濑,我的身体僵直,不由自主地移开了视线。接着,我偷偷地抬起头看他,可他似乎完全没注意到我,旁若无人地吹着口哨,手放在裤子口袋里,以算得上优雅的步伐走到他自己的座位旁。

百濑背对着我坐在椅子上，和着口哨的曲子悠闲地用脚打着拍子。接着，他弓着后背，从书包里拿出笔记本，在上面写了起来。从我所在的地方看不到他在写什么，只见他偶尔抬起头，摇晃着脑袋，边点头边写。

我盯着他不时晃动的后背和胳膊肘，他那有节奏的口哨声传进我的耳中。我不知道那是什么旋律，只知道既没有走音，也没有间断，口哨声堪称完美。我本来可以起身离开教室，可莫名地没有。

这时，有人呼唤百濑的名字，我看向教室门口，只见一个女生站在那里。长及眉毛的刘海儿整整齐齐，下面一双乌黑的眼睛直勾勾地看着百濑。个头和脸都小小的，像个小孩子。她穿着校服，所以肯定是同校的女生，可她看起来却和班上的女生完全不同。她漂亮得让人移不开眼睛，与我之前见过的女生都相差甚远，而和百濑莫名地相似。百濑似乎注意到了她，却仍然一边吹口哨，一边在笔记本上写着什么。女生也完全没有注意我，仿佛我根本不存在。然后，她走到百濑身边，把手放在课桌上，睥睨着笔记本，和着百濑的口哨声轻轻地摇动脖子，直勾勾地看着，直直的长发落在了百濑的手臂上。她蹲下来，盯着百濑。过了好一会儿，百濑终于写完了，二人一言不发地站起身。女生把手挎在百濑的胳膊上，接着他们一起走了出去。百濑从头到尾都在吹口哨。

  我不知不觉地发着呆，在椅子上坐了很久。刚才一直待在这里的百濑和陌生的女生一起离开——这是真实发生的事吗？我开始感到怀疑。被这种感觉攥住的我渐渐地忘记了百濑完美的口哨旋律和那个女生的脸庞。

  过了片刻，就在我起身打算回家的时候，二宫走了进来。我瞬间立正身体，可是二宫看起来慌慌张张的，看到教室里除了我没有其他人后立即走了出去，之后又迅速返回来，问我有没有见过百濑，我摇了摇头。

2

第二天一早,我为了提前十五分钟抵达,算好时间走出家门。我对妈妈说要去邻区的大型图书馆。

我在自动售票机旁边焦急地等待着。九点整,小岛来了。她的头发和往常一样,穿着平时的运动鞋、长及小腿的米色裙子和夏威夷衬衫。

小岛的头大得不输她那件塞进裙子里的夏威夷衬衫。她的衬衫上挤满了看起来尖细的树叶和类似桉果的红色水果,左右两侧的下摆在肚脐眼的地方紧紧地打了一个结。我第一次见到有人穿夏威夷衬衫,可我还是一眼就知道了。小岛看见我之后,爽快地挥了挥手,快步地向我走来。她的另一只手拎着一个包,上面印着用介于照片和画作之间的笔触画出的猫脸。

"走吧,走吧!"小岛来到我的身边说,她有些害羞似的莞尔一笑。我也有点儿害羞,不过还是若无其事地跟她说"早"。我端详身边的小岛,发现她的刘海儿上夹着一个夹子,上面有凸出来的玻璃装饰。

"我起得很早嘛。"小岛挠了挠眉毛说。

"你几点起来的?"

"四点。"

"真早!"我说,"不困吗?"

"刚才七点的时候睡了会儿。"小岛说,"感觉你的说话方式……你怎么了?"小岛讶异地盯着我,"听起来有点儿说话困难。"

"我咬到舌头了。"我说。

"什么时候?"小岛皱了皱眉。

"昨天。"

"很严重?"

"狠狠地咬了一下。"我回答。

"痛吗?"小岛的眉头更皱了。

"痛。"我说。

"哭了?"

"没哭。"我说。

小岛听了,问我既然痛为什么不哭,是不是一直忍着。我说我觉得痛和哭是两回事。

"是吗?"小岛怀疑地看着我,歪着脖子。她似乎想起了什么,向后退了一小步,直勾勾地打量我的全身。"我第一次见你穿校服以外的衣服。真神奇!"

"很普通。你别那么看我。"我说,"要说神奇,你更神奇。"

"这个?"小岛说着,低头看自己的衣服,"这个吧,稍微有点热带雨林风情。"

"嗯。"

"不过嘛,敝珠自珍。"

"敝珠自珍?"我问,"什么意思?"

"什么什么意思?你不说吗?"小岛瞪大了眼睛问我。

"说什么……"我沉思片刻。

"该怎么说好呢……就是……该怎么说……珍惜的东西。"

"哦。"我笑了,"那是'敝帚自珍'。"

"意思一样?"小岛问。

"大概一样。"

"哦……"小岛看向自己的夏威夷衬衫。我也盯着它,说:"非常有夏天的感觉。"

小岛"嗯"了一声,高兴地抬起头来看着我。

"虽然天已经黑了,但是睁开眼就能确定夏天来了。所以这次的夏天从今天开始!"

我们坐在站台的长椅上等待电车，深绿色的车头朝我们缓缓驶来，像一只大型动物发出呼气声，车门一齐打开，载着我们缓缓地启动。

我们所在的车厢里乘客稀少，只有一对老夫妇、一个身穿西装的工薪族，还有一个长发女人。电车小幅度地左右摇晃，小岛和我沉默地看着窗外的风景。然而，我的内心却因为和小岛一起偷偷地去往邻区而欢欣雀跃。

过了一阵，小岛看起来也开始兴奋了，她的表情明朗，比在学校里，甚至比在应急楼梯那里见面时都要明朗得多。看到这样的小岛，刚才我心中的些许不安渐渐消失，愉悦涌上了心头。

小岛坐在我的身边，她的脸比平时离我更近，我不知道该看向哪里，有时感到不知所措。然而小岛却一副完全不以为意的样子，每次见面都看着我的眉头，手舞足蹈地跟我说各种各样的事。她一兴奋，声音就会提高。我倒是无妨，她似乎注意到后会露出害羞的表情，然后开始小声说话。可过一会儿又会变得大声，我们注意到后就会一起大笑。

"喜巴胺。"小岛说。

"喜巴胺是什么？"我问。

"喜巴胺就是高兴时分泌的多巴胺。"小岛说。

"我不知道。"我说。

"悲伤时分泌的是忧巴胺。"小岛教我。

"那孤独的时候呢?"我问她,她立即答道:"独巴胺。"

话题中断的时候,小岛就扭头去看斜后方的窗外风景。其间她的双手老实地放在膝盖上的手提包上面,食指尖不停地摩挲,似乎在确认手感。

电车有时挨着两侧鳞次栉比的房屋驶过,有时横跨数亩农田,笔直地从刚到来的夏天中央穿过,往前方驶去。

小岛详细地讲述了她以前养的小猫身体有多黑、多柔软,养的杂种狗有多聪明、多老实等各种各样的趣事。

小岛说,她在很小的时候,有段时间和各种各样的动物生活在一起,因为她的亲生爸爸以前喜欢饲养动物。

"爸爸养了狗和猫,不过他真正喜欢的是灵敏的金鱼、绿龟等活在水中的动物,所以还养了许多鲫鱼。"

"是吗?"我说。

"我家的鱼缸特别高大。那时候我们没钱,不知道爸爸从哪里拿回来一个带着大盖子的发泡塑料箱,要想看里面就只能从上面看。不过,他很快就将它做成了一个完美的鱼缸。后来我们在附近的商店里陆续买齐了空气泵和金鱼桥,还有绕来绕去的东西。对了,你家养过什么动物吗?"

"没有。"我答,"我家大概是那种根本没想过养动物的家庭。"

"你的家人都不喜欢动物吗？"小岛瞪大眼睛问我，眉毛也像动物一样动了一下。

"倒也不是。拿我来说，我从没和动物接触过，谈不上喜欢或讨厌。"

"是吗？可能就是你说的那样。"小岛说。

"不过我还是有点兴趣的。我觉得和不会说话的动物生活在一起应该和人生活在一起不同吧。"我说。

"你认为有什么不同？"

"比方说，特别安静。"我说。

"你的意思是，人就算不说话也很吵闹？"

"我不知道。不过，人总是在思考。在这一点上，动物基本上是安静的吧。"

"可是动物会叫哦。"

"只是叫声而已。"

"你的意思是，不仅仅是声音的问题？"

"嗯。"

"人即使睡觉也会做梦，醒来之后又会去想梦里的种种，很烦。人有没有完全不思考的时候呢？"小岛说。

"可能只有一瞬间吧，不过只是一瞬间。"我说。

"那就相当于没有啊。"小岛忍着哈欠对我说。

阳光的热量舒适地洒在我的后颈上，我瞥了小岛一眼，看她很困的样子。电车在以同样的节奏摇晃着,飞驰在农田之间。

"我有时会想,如果没有语言会是什么样子。"我随口说道。

"可只有人类会说话哦。狗、校服、桌子、花瓶都不说话。"小岛看着我说。

"是啊。我们人类是压倒性的少数派。"我说。

"用语言叙述各种事,因此制造出了许多问题,然后又做了很多事,在这世界上只有人类是这样。仔细想想,像傻瓜一样。"小岛说罢,扑哧地笑了一下。我说"是啊",点了点头。

电车发出有规律的咔嗒咔嗒声,以几乎同样的时间间隔到达各个站台。每次停车,车内都会响起列车员报车名的声音。每次麦克风关闭之前,都会发出嘶的一声。小岛说那声音听起来痒痒的,很有趣,她说着又扑哧一声笑了。窗外依然是绿油油的农田,小小的房屋匆忙地飞走,锋利的草尖闪烁着的细碎的光,配合着我们的速度流动,看起来就像是光的线条。

"对了,小岛。"我似乎想起了什么,"现在我们要去天国吗?"

小岛听了,眯着眼睛摇了摇头,说:"No!不是天国,是天堂[1]。"

"天堂。"

---

[1] 这里原文分别用了汉字词"天国"和外来语"ヘヴン(heaven)"两个词。

"对，天堂。有浊音的 heaven。"

"天堂。"我重复道。

小岛微笑着说："对。但我还不能说，等到了你就知道了。再忍耐一下。"

我点了点头，小岛也心满意足地点了点头。之后，我们继续沉默地眺望窗外流过的风景，随着电车摇晃。

"不过……你刚才说的话，也不是不能理解。"过了一阵，小岛自言自语似的说，"桌子和花瓶之类的东西就算外表受伤，看起来也像没受伤。"

"那是因为就算它们受伤，也不能对别人诉说吧。你想说不是这样吗？"我问。

"我不知道，不过也许是这样。"小岛说，"桌子和花瓶就算受伤，也许也没受伤。"她喃喃自语。

"嗯。"我点了点头。

"可是人类即使外表没受伤，心里也许相当受伤。"小岛用比刚才更小的声音说道，接着便陷入了沉默。

小岛的指尖一直摩挲着手提包上的猫脸，我默默地看着她。电车在下一站停车，车门打开。几个人下车，又有几个人上车，接着再次缓缓启动。过了一阵，小岛字斟句酌似的说道：

"我们如果能像这样不说话地活下去，不管别人说什么、做什么,那么会不会有一天变成真正的物体呢?"

我越来越不懂她的话,只好沉默着看着地板。光从所有窗户照射进来,在非常明亮的车厢里,小岛的运动鞋因为脏污而呈现出暗淡的颜色,没有一个地方看起来是白的。

"也就是说……"我说,"花瓶和桌子……可能不是真正的……会不会假装是物体?也就是说……"

"也就是说……"小岛也说。

"我们……"我还没说完,小岛就开始说:"我们现在就是类似于物体的东西。"她说罢,轻轻地咬着下唇笑了。

"我们或许无法变成真正的物体,现在就已经是类似于物体的东西了。"

小岛说罢,右手伸进头发里慢慢挠了起来,一言不发,接着盯着手提包上的猫脸一动不动。我也盯着同样的地方。

"大家都是物体。"我不知怎么,说了出来。

"是的。"小岛说。

"没办法。"我说罢,小岛低声笑了,惹得我也笑了。

电车拐了一个缓缓的弯,窗外鳞次栉比的房子随之移动到斜后方,忽远忽近。

"问题是……"片刻后,小岛大大地叹了口气说,"就算是物体,别人也不会置之不管,像挂在墙上的时钟……"说罢,小岛看着窗外的风景补充道,"……那样。"她看着我的脸,笑了,"就快到了哦。"

我们走出闸口,按照木牌上的指示走了片刻,左拐之后继续走,看见了一栋巨大的白色建筑,是美术馆。

美术馆里面的墙壁和地板是白色的,天花板高高的。虽然还是上午,但是参观的人很多,他们都慢慢地走着。人们发出如同布料摩擦般的低声细语,那些声音被建筑物内部的白色吸收了。一直延伸到深处的墙壁上挂着许多画,被小小的暖色灯光照着。小岛走到第一幅画前,瞥了我一眼,脸色突然变得严肃,我以为她会默默地欣赏一阵,只见她唰地移动到了下一幅画前。

我走到小岛的身后不远处,按顺序欣赏画,同时看着正在欣赏画的小岛。

小岛先是从稍远一些的地方观摩,接着紧闭双唇向画慢慢靠近,看上片刻后看向我的脸。只见她皱着眉,丝毫不见快乐,反而满脸苦涩地看着画。我以为她会认真阅读画旁的介绍,可她仿佛想到了什么似的瞬间从那里离开,叹了口气,接着又像被推搡着一般移动到了下一幅画前。

那里展示的都是些不可思议的画。在涂成红色或绿色的帆布上,动物和新娘手拉着手跳舞,类似山羊的动物拉着小提琴,一束巨大的仿佛在燃烧的花束下有一对拥抱的男女……

看起来似乎是没有主题，只是若干意象混杂在一起的梦中世界。不过，这个梦并不柔和。即便表现出的是喜悦，那也是可怕的喜悦，是被悲伤压垮的冷漠的东西。被涂抹得十分粗糙的蓝色和像龙卷风一样压迫感十足的黄色激烈地碰撞，许多人大张着嘴围着分散在各处上演的杂耍。像雪一样的城市上方，一个身裹白布的男人正闭着眼睛祷告。每一幅画里都有这样的瞬间——破坏的同时，祝愿也在诞生。每一幅画里都聚集了若干个世界。人们被卷入像风车一样的太阳，鱼被海浪冲上岸，安静的马长着一双比人眼更具人性的眼睛，还有脸色苍白的新娘……

"你在看吗？"

当我正站在画前发呆的时候，听到了小岛的声音。我回过神后回应她："在看。"

"怎么样？有喜欢的吗？"小岛低声问我。

"还不太清楚。"我说。看到小岛的表情比刚才柔和，我稍微松了口气。

"你说的'天堂'就是这个美术馆？"我问。

"不是。"小岛说。她说罢，用鼻子哼了一声，看着我的脸说："是指我最喜欢的画。"

"题目是'天堂'？"我问。

"不是。"小岛摇了摇头，"这个人画得这么好，可是题目却无趣得令人痛心。你看这个!"

小岛手指着标签,上面的题目确实比画无趣多了。

"一点儿也不好,是吧?"

"是啊。"我笑着说。

"所以我重新起了名。"

"你?"

"是啊。"小岛得意地笑了。

"这幅画画了在房间里吃蛋糕的恋人,红色的地毯和桌子非常好看。而且,这里的恋人可以自由地扭动和伸展脖子,所以无论他们在哪儿、在做什么,都能马上靠近,方便吧?"

"方便。"

"没错。"小岛高兴地笑着说,"这个房间虽然乍一看是普通房子的普通房间,但其实这里是天堂。"

"天国?"

"No!天堂。"小岛歪着头,纠正我。

"你说这里是天堂,意思是这对恋人已经死了吗?"我问。

小岛看着我的脸,用低沉的声音说:"这里的恋人经历了非常痛苦、非常难过的事,可是啊,他们坚强地克服了困难,所以能够生活在对他们而言最大的幸福里。他们克服困难后抵达的看似普通的房间其实就是天堂。"小岛说罢,叹了口气,用手擦拭了眼睛,说:"天堂……我总在画集里看,看了很久很久……"

"嗯。"我点点头。

"可是不只是天堂,画集看得太多就会发现这里的一切看起来都像谎言。你看!"小岛说,"马的脸颊流出了牛奶,马还戴着项链。"

"颜色真好看。"我说。这幅画虽然温馨,但果然很奇妙,画中有着大大的脸,大大的色块。我盯着看了一阵。

"还有,"小岛静静地说,"这个绿色的人和马的眼睛用白色的线连在一起。"

小岛说出"眼睛"的瞬间,我的胸口发出了咚的一声。她继续默默地看画。

在她身后的不远处,一个刚学步的小孩子挣脱了妈妈的手跑了起来,绊到小岛的腿后摔倒,号啕大哭起来。小岛被那声音惊到,身体变得僵硬。小孩儿的妈妈拽着小孩儿的手拉他起来,并低头对小岛道歉,小岛不知所措地同样低下了头。母子二人离开后,小岛久久地看着他们的背影,吐了一口气,然后转向我,用同样的目光看着我。

我想知道小岛那痛苦悲伤的表情因何而起,可我还没来得及说什么,她已经转向了画,于是我只好默默地跟在她的身后。

"天堂在哪儿?还很远吗?"过了片刻,我问道。小岛回头看我的时候，我瞬间以为那是自己的脸。

"嗯，天堂在最里面。"小岛静静地说，"但是我有点儿累了，想稍微休息一下。"

我们走到外面，小岛在长椅上坐下，不说话，也不动。

我问她想喝什么，我去买点回来，她说不渴，于是我在自动售货机上只买了自己的饮料。太阳升高了，光是坐着，腋下和脖子就汗津津的。小岛的鼻下出了汗，闪着光。从我们所在的长椅可以看到宽阔的广场，上面有茂盛的草坪。只见若干家庭和几对恋人在草坪上铺了垫子，在上面吃午餐。有人在玩球，有人裸着身体躺着晒太阳，还有人靠在一棵大树下看书。我想，这就是夏天的高潮。天空从遥远的地方毫不吝惜地把蓝色洒向人们。小岛把猫脸手提包放在膝盖上，两手紧紧地握着，一动不动。我只喝了一口饮料，发现自己不渴。

"身体不舒服？"我疑惑着问她。小岛缓缓地摇了摇头，然后像想起了什么似的又摇了一下。我点点头，看向草地上的人们。我觉得眼前的一切像一幅画。各种各样的人从我的面前经过，我用手掌根擦了几次额头冒出的汗。

过了片刻，我问小岛要不要回家。小岛没有回答，只是摇了摇头。

"忧巴胺？"我突然想起这个词，问她。可她仍然什么也没说。我后悔了,只能一动不动地坐在那里。

又过了片刻,我发现小岛哭了。她没有发出声音,只是把脸扭向一旁,用手擦眼睛,手掌把掉下来的泪珠抹在脸上。我两手握着变温的饮料罐,看着地面。我想对在身旁默默哭泣的小岛说些什么,可是脑海中只有冲动,没有合适的语言。

"因为有很多东西……"过了片刻,小岛小声说。她用手掌揉搓着脸,然后用低到快要听不见的声音向我道歉。"好不容易来的……"小岛为了掩饰哭泣,不自然地笑了笑,看着我说,可转眼间又快要哭出来。

小岛的眼睛红红的,每呼吸一次,鼻孔里的鼻涕就会掉出来或者吸回去。她坚硬蓬松的额发上夹着的发夹快掉下来了。仔细看去,她右侧脸颊上有一块椭圆形的区域正在脱皮。我第一次这样近距离地观察她,她似乎比我想象中要脆弱得多,让我想起了不太有活力、只是在等人把自己带走的无助的小动物。事实上我们的确是无助的,可是坐在我身旁的小岛看起来比我见过的任何一个孩子更加弱小,比在学校里的她更脆弱。我很难过,只能怔怔地看着她的我也同样无助。

我不知道小岛哭泣的真实理由,我们默默地坐着,直到那里只剩下我们俩。小岛和在电车里一样摩挲着手提包上的猫脸,我想那或许是她的习惯。小岛似乎缓解了紧张,突然抬起头看着天,她说:"明明天气这么晴朗,却不知为何身体动弹不得啊。"

七月的蓝天完美地吸收了夏天,在我们的头顶一动不动。

"就像被关起来一样。"小岛轻笑着说。

"像个盖子一样。"我说。

接着,小岛把手伸进手提包,取出了面巾纸,问我可不可以擤鼻涕。我说可以,于是她大声地擤了鼻涕。

"还好我带着面巾纸。"小岛边擦鼻涕边说,"擤鼻涕好舒服呀。"

"那就好。"我说。

"因为我平时不会带面巾纸。"

"嗯。"

"不过还好今天带了。"

"嗯。"我点了点头。

"你也擤擤?"小岛说。

"我现在不用。"我说。

"不过我出门什么都不带。"我看了看自己的手说,"除了钱包。"

"你喜欢的铅笔呢?也不带吗?"

"光带铅笔也不能写啊。"

"所以大家才带手账啊。"小岛说。

"我的裤子口袋装不下手账。"我看了看自己的牛仔裤腰。

"不过我也几乎什么都没带。"小岛说着,打开手提包给我看。

"这是钱包,这是面巾纸,还有剪刀,只有这些。"

"你带着剪刀?"我有些吃惊地说。

小岛一脸为难地点了点头,立即慌忙解释道:"啊!不是!你别误会!我不会再剪东西了!"

"没事,就算剪也没事。"我补充道,"只是没想到你会带到美术馆来,有点儿吃惊而已。"

"我不是专门带来美术馆的。"小岛尴尬地说。

"这样啊。"我向她道歉。

"我除了上学都带着……虽然没打算干什么,就只是带着而已。也不是带着它我就安心,只是带着而已。"小岛说着,合上手提包,卷了一圈放回膝盖上。"对不起啊。"小岛两手捂着嘴巴,尴尬地笑着说。

草坪的方向传来了男男女女的欢笑声,几辆自行车从我们的面前驶过。耀眼的阳光晃得我眯上眼,前方的草坪上有人铺了银色的野餐垫。

我想了一下,说:"小岛,把剪刀拿出来。"

两手紧紧握着手提包的小岛扬起粗眉,一脸震惊地看着我说:"为什么?"

"不为什么。"

"为什么嘛?"小岛的眉间皱起几条皱纹。

"不为什么。"我笑着说。

"你为什么笑?"小岛满脸疑惑地看着我说,"你别笑。"

"对不起,我不是在笑你。"我笑着说。

"那你在笑什么?"小岛困惑地说。

"我没笑。"

"你笑了。"

"因为你不听我的话。"我笑着说。

"所以我问你为什么啊……刚才就在问你。"她说罢就陷入了沉默。

我们都不再说话,各自看着自己的鞋尖。我的脚比小岛的大一圈。我边看边想,脚的形状真奇怪。就在这时,小岛轻轻地踢了我的鞋后跟,我也踢了回去。重复了几次后,小岛把自己的脚比在我的脚边,说"真大"。我笑着说"谁让我是男孩儿呢",小岛"嗯"了一声,点了点头,之后我们又陷入了沉默。

"你可以剪我的头发。"过了片刻,我说,"之前不是说过嘛,如果你不知道所谓的标准,可以剪我的头发。"

小岛张大了嘴,盯着我说:"头发?为什么?"

"没什么,只是觉得头发可以。"

"哪里的头发?"

"哪里都行。头发如果被剪得一块一块我会有点儿困扰,不，倒是不困扰，如果像你说的那样，不会影响头发的功能的话，我无所谓。"

小岛听了，用右手摩挲着左手背，似乎想说什么又找不到合适的语言。

"无论你感到不安，或是过于安心的时候，你都可以剪我的头发。你不必再躲着家里人，也不必偷偷剪传单之类的东西。你随时可以剪我的头发。"我说。

小岛盯着我的脸，脸上所有的毛孔里渗出了汗，一部分肌肉似乎在狂欢。随着中午的临近，气温渐渐上升。天空万里无云，我们所在的地方一个影子也没有。偶尔一阵暖风吹过，抚摸着我们的脸庞。过了一会儿，小岛仍然看着我，点了点头，似乎泄去了力气。

小岛低着头，缓缓地打开放在膝盖上的手提包，轻轻地伸入右手取出剪刀。小岛浓密的头发遮住了脸，因此我看不到她的表情。小岛取出剪刀后，盯着看了片刻。那是一把把手外壳是黄色塑料，前端是圆形的美工剪刀。上面有些地方沾着颜料，变了色，看来她经常使用。

"这是我一年级时买的。"过了一会儿，小岛看着手里的剪刀轻轻地说。

"一年级，是指去年？"

"不是，小学一年级。"

"已经第八年了啊。"我感叹地说。

"真的可以吗?"小岛轻轻地问,"真的可以剪你的头发吗?"

"真的可以。"我说。

小岛右手握着剪刀,将刀刃包裹在左掌中,盯着它看了一会儿,似乎还在思考什么。

"来吧!来吧!"我开玩笑似的说着,坐直身体,把手放在膝盖上,背对着小岛坐好。

小岛在我的身后一动不动,片刻后,我感觉到她突然抚摩我的头发。她将手指插入我耳后的头发,抓起一小撮,晃动几下以筛掉多余的头发。她握着剪刀的手摸了摸我的后脑勺,将一撮头发放进刀刃之间,片刻后传来了微弱的咔嚓声。我的皮肤起了鸡皮疙瘩,与此同时,小岛轻轻叹了口气。

我转过身,只见小岛左手掌里放着一撮剪掉的头发,右手的剪刀微微张开,她低着头一动不动。头发看起来像是从根部附近剪下来的,宽约两厘米,长十几厘米。我们在那里静待了一会儿,保持着同样的姿势。

小岛低着头,别过脸去,握着头发的手伸到我的面前。

"你光把手伸过来可不行。"我笑着说。小岛听了,瞬间涨红了脸,笑了起来——似乎在为难,又像在害羞,她的眼泪快要涌出来了,我看不懂她的表情。

"那个……"小岛似乎很用力地说。她满脸通红地看着我,移开了视线，然后又看向我。小岛拿着头发的手还在我的嘴边，我假装要吃它。小岛见状笑了出来，我看着她也笑了。

"还有很多，你可以再剪。"我把手指插进头发里，抚摸着小岛刚才剪过的地方说道。我丝毫没有感觉到头发在她剪之前和剪之后有什么不同，可是我的头发确实被她握在手里。

小岛盯着她剪下来的一撮头发，用面巾纸包好，正当她要放进手提包里时，我问她之前怎么处理剪下来的东西，她回答说之前都马上扔掉了。

"那你扔掉吧。"我说，"如果和之前不一样……"

听了我的话，小岛似乎有些困惑。

"可是的确和之前不一样。"

"一样的。"我说，"必须当成一样的东西处理。"

可小岛看起来仍然没有下定决心，只是盯着这撮头发看。

"没关系。我说'好'，你就放手。"

"不行。"

"行。"我说，"没什么是不行的，以后再剪就是了。"

小岛仍然用手紧握着，一动不动。

"不行。"

"行。"

小岛的表情仍然有些不安，可是片刻后当我说"好"的时候，她还是条件反射地张开了手。她的脸色骤然一变，发出了短促的一声"啊"。与此同时，她抓在手里的那撮头发飘到了空中，飞散着簌簌地落在了地上，很快就不见了踪影。

后来，我们没有返回美术馆。

在回程的电车上我们玩起了接龙游戏。小岛看起来开朗了一些，我讲了几个笑话把她逗笑了。因为我们什么都没吃，所以饿极了，肚子咕咕地叫了几次。我发现，肚子发出的声音存在着奇妙的音阶，对此我们兴致很高。然而，随着车站越来越近，我和小岛都变得寡言少语，甚至没看窗外的风景，只是默默地随着电车晃来晃去。

抵达车站，我发觉一切都令人厌倦地与平常一样。夏日的暮色如同漫无边际的淡影，正在逼近。刚才我们在公园里时涌入的夏日气氛和这里飘浮着的夏天的成分毫无关系、完全不同。汗水在衬衫和皮肤之间悄悄冷却，我们的身体也开始僵硬起来。我们什么都没说，但都清楚地感受到了这种变化。

小岛说了声"再见"，向我挥了挥手。我也与她道别。小岛盯着我的脸看了一会儿，然后迈出了脚步，在拐角处消失不见了。

我在那里站了一会儿，环顾着四周。此刻是夏日的开始，而我正置身其中。此处是今天一早我和小岛约定见面的地方——想到这些，我仍然没有真实的感觉。

3

暑假的第一周我就做完了全部作业。无事可做,于是我几乎每天都在房间里看书,哪儿也没去。

一到饭点妈妈就会喊我,和往常一样,只有我们俩吃饭。爸爸几乎不回来,偶尔回来也会很快出门。

放假的日子不会见到别人,也不会被看到,因此我的生活仿佛家具一样安静。对我来说,不被人看到会带给我难以言喻的安心感。虽然只是片刻的安宁,但我独自待着的时候无论是谁都不能动我一下,这份理所应当令我十分有安全感。当然我也不能触碰其他的人或物,不过这也是没办法的事。我还期盼着,如果二宫等人就此忘掉我该多好啊!

暑假结束上学后,我发现二宫等人似乎完全忘记了我的存在,就算看到我,他们也不会产生什么想法或情绪。暑假里发生了什么，导致他们像变了个人，对我不再有哪怕一丝的好奇心——一旦开始想象，心情就会变得低落。我清楚地知道这一点，却仍然一整天漫无目的地、偶尔怀着祈祷的心情不停地去想这些愚蠢的事。即便如此，像这样待在家里的时候，学校里发生的一切仿佛只是我在遥远的过去偶然阅读的故事，甚至会想那些事和我没有真正的关系。

我和妈妈总是一边吃饭，一边看电视。每天都有数不清的事件发生，新闻有规律地报道了其中的一部分：法庭下达了判决，某某宣布结婚，支持率如何，合同如何，龙卷风导致有人丧生……发生了各种各样的事。

前几天还报道了一则中学生被欺凌而自杀的新闻。黑暗的摄影棚中一束亮光照射着桌上的纸，那是类似遗书的日记，电视机里传来了静静的朗读声。朗读结束后，男生所就读中学的校长和相关人员低头谢罪，接着是脸上被打了马赛克的学生接受采访。他的家人、老师和同班同学统一口径称没注意到他被欺凌了。他——死去的他到底遭遇了什么？据新闻报道，他常常被抢钱、被丢东西，还遭受了严重的暴力。

关闭电视后新闻消失，可我的人生还在继续，不会消失。想到这里，我突然想大喊。为了抑制这股冲动，我甚至会安慰自己，也许自己还算好的。然而，这只会让我的心情瞬间变得更糟。无论以何种形式，用自杀者的痛苦来安慰自己都是极度卑劣的想法，即使装作备受安慰而感到安心，结果也只是"假装"罢了，什么问题也解决不了。

这种时候，我拼命地让自己相信——正如暑假会结束一样，学校生活也会结束，那些折磨我的欺凌行为也会结束——然而，我的心情并不会真正变得明朗起来。

所有的问题都摆在我的面前。即便学校生活结束，生活环境发生变化，只要我还是斜眼，事物的本质就不会改变。不变还算好的，甚至有可能更加凄惨。我想，或许只是现在的我无法预知而已，所有的一切早已注定。或许有一天我会像电视里自杀的男生一样死去，或许会被杀掉，或许已经死了……这些想法开始占据我的头脑，我渐渐地不懂自己到底在想什么，只有恐惧和呕吐翻涌而上。

后来，我站在镜子前注视自己的脸。右眼的眼尾无力地下垂，依然不知道自己聚焦在哪里，看起来非常可怕。我把脸凑近镜子，无论距离镜子多近，我都无法与镜子中的眼睛对上视线。我的眼睛仿佛神秘的深海鱼，湿润地，只是一动不动地待在那里。

和长着这样一双眼睛的我走在一起，譬如那天和我一起去美术馆，小岛不会因为被人注视而感到害羞吗？我们在学校里不说话也是因为她有这样的心情吗？小岛究竟怎么看待我的眼睛，还有我这个人呢？关于这些事，我想了很多次。

可我同时也在想，我是如何看待小岛的？我为什么在学校里不和她说话，也不和她对视？因为我害怕二宫等人。可我为什么要害怕他们？被伤害等于害怕吗？如果那对我来说等于害怕，等于恐惧，那么我为什么不靠自己的力量去改变？话说回来，伤害到底是什么？被欺负，被施以暴力，为什么我只能顺从？顺从是什么？我为什么会害怕？为什么？害怕是什么？我思来想去，找不到答案。

我设法等这种感觉慢慢消失，在因阅读和思考而感到疲惫时，我靠在墙上发着呆。我摘下眼镜，揉揉眼睛，用力地揉搓。书架上摆放的书和书桌桌脚一如既往地重叠在一起，看起来不太牢靠，房间里什么气味都没有。然后，我拉开裤子拉链，掏出阴茎握住它，上下移动，把一团纸放在龟头上，射了精。这样一来，我感觉心中的喧嚣和不安减轻了些。我把充满精液的纸巾用干净的纸巾包了几层，放在枕头下，打算待会儿拿去厕所冲掉。我只有在被这种难以言喻但又熟悉的不安击中时才会手淫。我不想把温暖的或任何能让我变得开朗的事物与我的射精和射精欲望混在一起。我在手淫时从不去想小岛的话，我不知道为什么，我无法思考。

当我在房间里手淫时，有时会听到妈妈使用吸尘器打扫的声音，还有洗碗的声音，但她从来不会突然进入我的房间。我闭上眼睛,数着那些似乎从遥远的地方传来的声音时,抚摩完成了射精后变小的阴茎,身体似乎在不停下沉。我的身体像铅一样在深渊中越来越重,陷进地毯,冲破了几块天花板,似乎永远在坠入无尽的黑暗。随着这种感觉越来越强烈,我设法起身,穿好裤子,打开窗户向外望。我可以透过窗户看到很多东西,但没有被任何东西看到。那里盛大的夏天看起来和我一样,没有移动半步。我想知道小岛在这样的日子里在做什么。

* * *

进入八月,过了盂兰盆节,夏天就确确实实地快要结束了。

妈妈似乎想说什么,我看到了她的动作,可她什么都没说。我们有时坐在一起看电视,有时她要求我下楼查看邮箱,我会看到一群穿着泳衣或没穿泳衣的小孩在盛满水的塑料泳池里挥舞着水管,发出近乎尖叫的声音玩耍着。

我想见小岛。

离新学期开学还有十天,一想到这里我就无法忍耐。我想过给小岛打电话(一年级时发的名簿上应该有她的联系方式),可是小岛也知道我家的电话,我想,如果她想跟我说话,应该会打给我,于是我没有拨出电话。我转念一想,或许小岛也是这么想,正在电话机前等我的电话。该怎么办?我思来想去,同时尽可能回忆我们最后一次见面时的细节。小岛哭了，小岛轻轻地抓着我的头发剪掉，干燥的土壤表面，走在热乎乎的沥青路上的感觉，那一撮头发……这样一想，我们确实共度了一段十分亲密的时光。这一感受涌上胸口，传来一阵刺痛。当回想起来这些事，我开始意识到给小岛打电话不是错的，可我还是没有勇气。因此，深思熟虑之后，我决定从名簿上找到她的住址，到附近等她出门。待她出门后，我就算好时间跟上，过一会儿再假装偶遇，向她搭话。

小岛家位于林荫大道的另一侧，熟悉的风景让我想起了有关学校的一切。再过十天，我就必须带着和现在不同的心情——一定是更沉重的心情，每天途经这条大道。我数次用手拍拍脸，吐气，调整心情，重新迈出步伐。

我事先看过地图，所以走在路上几乎没有迷路就抵达了目的地。我立刻认出了小岛家的房子。那是一栋用棕色砖建成的宏伟建筑。大门旁挂着气派的石头门牌，我第一次见这种门牌，越看越觉得这不是一块门牌，而是一块小墓碑，非常神奇。大门的另一侧种植着几棵系着精致纽结的不知名的树。后方是一栋坚固的三层楼房，每扇窗户都挂着白色的蕾丝窗帘，看上去不新不旧，有一种高档住宅的感觉。我看到它时，微微地吃了一惊。

我藏在能看到小岛家玄关的地方监视着。由于出汗，我的眼镜不停地滑落,我不得不反复用手指去推中梁,可还是不停地滑落。

我感觉在那里待了很久,实际上可能还不足十分钟。光是站在那里,我就感觉似乎是做了什么无法挽回的事,因炎热而渗出的汗水和与热无关的恶汗混杂着,粘满全身。我感觉似乎有人正在从别的地方看着我窥伺小岛家的背影。紧张的情绪像燃气一样堆积在我的肚子里,慢慢地逼近食道,喉咙收缩着发出声响。紧张感爬上我的手臂使其发麻,我渐渐无法忍受,最后逃也似的离开了这个地方。

首先,我不知道小岛的一天如何度过,不知道她什么时候会走出家门。在没有任何线索的情况下做这件事有什么意义?我边走边想。我多次回头去看这条几乎是逃着离开的路,看到没有任何变化我就放心了。如果小岛真的偶然出现,我怎么可能假装这是一个巧合?我为什么偶然在她家附近?这件事以前从来没有发生过,以后也不会发生。不,或许正因为是偶然,才会有这一次的偶遇……我越想越糊涂,当我走过学校来到林荫大道时,身体突然脱力,差点儿蹲在地上。我发现大腿突然变冷,于是在原地站了一会儿。

两天后,小岛打来了电话。

上午电话响了一次,妈妈接了,却默默地挂了。

"电话挂了。"

妈妈自言自语地说罢,放下听筒回到了厨房。过了一会儿,她告诉我午餐在冰箱里,让我自己吃,然后就离开了。我打开冰箱,只见里面有一盘封着保鲜膜的荞麦面。我不饿,于是坐在沙发上发呆。就在这时,电话再次响起。我接起电话,是小岛。

"喂,喂。"

我立即听出那是小岛的声音,但我说不出话来。小岛说"好久不见",于是我也说"好久不见"。我们短暂地沉默着,似乎在聆听电话吱吱的信号空白声。小岛说"打电话是不是让你不知所措",我说"很方便"。然后小岛又说了些什么,我附和她。我的声音很奇怪,自己也未曾听过。对此小岛说了些什么,我也说了些什么,小岛扑哧地笑了。我们决定在开学前见面。

小岛问"明天怎么样",我回答"没问题",我们决定在应急楼梯见面。当我将要挂电话时,突然想起来一件事,我问她是不是早上打过电话。"我没有。"小岛说。

* * *

时隔一个月左右,再次见到的小岛看起来与之前稍有不同。不过她的头发依旧有几处翘着。她穿着一件围裙形状的棕色连衣裙，脚上踩着平时穿的运动鞋，蓬松的袖子里伸出来的细胳膊晒得和脸一样黑，两条腿像木棍一样站在楼梯的平台上。

"你好吗？"

"嗯。你呢？"

"还行。"小岛说。

我站在小岛身旁眺望着街景。我是乘电梯上来的，但光是走到走廊就感觉汗水从身体里涌了出来。我用手帕擦拭着额头上的汗水，试图随意自然地移动到小岛身边，可我的移动方式还是很不自然。小岛的脸上也有很多汗水，我差点儿就要用手中的手帕为她擦拭脸庞。我感到莫名地紧张。之前我怀着像偷东西一样的好奇心去了小岛家，对此我很后悔。

蝉鸣宛如铃声，不停地重复，不知从哪里传来，充斥着我们周围的空气。

后来，我们聊了各自在暑假做了什么。我说自己哪儿也没去，就待在家里看书。小岛问我读了什么，我回答了一些还记得的书名。她问我有趣吗，我说有的没趣。小岛笑着说我像一个修行人，我也跟着笑了起来。然后小岛说她去了海边，待了一周。

"乡下？"我问。

小岛摇了摇头，说是去了亲生父亲所在的地方。"之前我说过吧,说过吗?我爸爸的事。"

"我大概知道。"我说。

"爸爸一直都是独居。"小岛说,"我小学四年级的时候,爸妈离婚,当时妈妈和我搬到了这里,我原本想跟着爸爸,可是爸爸……怎么说呢,他没钱。虽然不只是这个,但这也是他们离婚的原因……明明好久没见了,我却在说这些,是不是很烦啊?"

"不烦。"我说,"你说你想说的就好。"

我说罢,小岛咧开了嘴,然后盯了好一阵她放在栏杆上的手背,接着把下巴抵在上面,开始娓娓道来。

"我爸爸以前经营了一家工厂,后来倒闭了。那是我刚上小学的时候。那时候我们背着许多债,家里穷得叮当响,穷得自我出生以来每天都能发现家里没钱可花。"小岛说着,用食指挠了挠鼻侧。

"无论再怎么努力工作,情况都没有改变。无论多么拼命工作,还是什么都没有……好久没见,说这些事,我觉得还是太阴郁了。"

"不阴郁。"说完,我像小岛那样把下巴抵在栏杆上面,等待她继续说下去。

小岛若有所思地看着我的脸,过了一会儿,低声继续说了起来。

"我爸爸是个大好人,虽然他不太说话,但是非常善良。工作不顺利本来不是他的责任,可他却责怪自己,觉得是自己不好。事实不是这样的。他每天从早到晚拼命工作,我从没听他说过一句抱怨的话。他在我的面前总是笑着,每次见我都会问我过得好吗,一天问好几次。我原以为他在开玩笑,所以总是对他笑,想告诉他我很好,在学校里也很好。在之前的学校里虽然有同学嘲笑我的家境,可我丝毫不在意。因为我每天都穿得干干净净,自己洗手帕,每三天就熨一次衣服,穿着没有一条褶皱的衬衫,每隔一周的星期日都会刷运动鞋。虽然没钱,但是我认真地做与钱无关的事。当然头发也会扎起来。虽然没钱,但是可以好好把自己打理干净。对了,你家莫非是有钱人家?"

"住着普通的公寓,生活也很普通。"我说。

"你妈妈工作吗?"

"没有,在家里待着。"

"哦。"小岛应了一声,然后用食指挠了挠太阳穴上方的位置,"你说的应该就是有钱人的生活吧。"

"是吗?"我说。

"是的。"小岛说,"虽然我妈妈现在没有工作,可是以前的生活令她疲惫,因此渐渐地和爸爸起了争执。虽说是争执,可爸爸是不爱说话的性格,再加上他觉得是自己的错,所以是妈妈单方面地指责他。妈妈每天都骂他，可爸爸什么都不说，或者说不出来，然后这又引起了妈妈更多的不满。也不算不满吧，如果对方什么也不说，那么表达的一方就会感到怎么做都是徒劳。真的会感到无奈。妈妈一个人引起骚乱，一个人哭，重复着这样的过程，最后发展到拿起手边的东西就扔，嘴里骂着'都是你的错'，对爸爸拳脚相加。那场面很可怕，因为妈妈是认真的，所以她哭得也很可怕。我还记得以前想过，仅仅因为没钱，我家就会走到这般田地吗？可是……或许不仅如此，虽然我不懂。这样的事不断发生，妈妈也不再去打零工。总之，家里没钱，家庭关系也一塌糊涂，不知该怎么办才好。我家有过这样的时期。

"有一次，我和妈妈两个人坐在邻居家停车场的水泥地上发呆。那天阳光明媚，非常舒服。我和妈妈收了衣服，我说要去玩，于是用弹跳杆跳来跳去——弹跳杆，记得吧？我弹跳回来后，再跳出来。那天的情况特别糟糕。妈妈扔出的碗砸在了爸爸的额头上，他的额头被划伤，血哗哗地流了出来。那只碗是我的，上面画着一个浅绿色的丝瓜。碗砸到爸爸的额头后掉到了地上，没有碎，而是直接滚到了我的眼前，居然好好地立在了那里。我记得很清楚，我真的记得很清楚哦。"

我说："嗯。"

"爸爸仍然一动不动，什么都不说。后来妈妈一边哭，一边踉跄地走了。我对即将发生的事情有一种不好的预感，于是让爸爸等我，便急忙追了上去。然后我看到妈妈怔怔地坐在停车场的水泥轮胎挡板上，她穿着红色围裙，我一眼就认出了她，跑了过去。妈妈一脸呆滞，当我走到她旁边坐下时，她仍然呆滞着，我呼唤了她几次，她没有回应我。我抱着她的胳膊摇晃，她也只是晃动着身体，一点反应都没有。我思考着该怎么办，想去叫爸爸，可又知道不能那样做。于是我一遍一遍地哭着喊'妈妈，妈妈'，拍打她的膝盖。可是这根本不起作用，我的声音根本没有传到她的耳朵里。无论我喊她多少次，都没有用。我一个劲儿地想，如果妈妈疯了，再也不说话了，那我该怎么办。我害怕极了。当时，班上有一个流行的太阳咒语，即如果直视太阳光就会失明，但如果看着太阳三十秒不眨眼，就可以实现一个愿望。我在妈妈身边哭着做了一次，嘴里说着'求求你了，把妈妈还给我'，睁大眼睛一直盯着太阳。那天天气晴朗，万里无云，太阳像今天一样发出白光，我记得眼睛很痛，但在那一刻我心里清楚地想到就算失明也可以。我不知道三十秒有多长，但无论如何我都拼命地睁大眼睛，直到眼皮开始颤抖，眼泪涌出。过了很久，妈妈呢喃道：'不该是这样的。'看到妈妈说话，我深深地松了一口气。起初我不明白她在说什么，但过了一会儿她又说：'不该是这样的。'我不知道该说什么，所以一动不动地保持沉默。'真的，什么都没有。'

她说,'什么都没了。'感觉她不像在跟我说,而是话从她的嘴里漏了出来,我认为那是她当时心底里最自然的声音。"

小岛说到这里时,不再开口,静静地待了一会儿。我们就这样把下巴搁在栏杆上,俯瞰着街景。

过了一会儿,我问她:"你爸爸工作顺利的时候,家庭关系和谐吗?"

小岛从鼻子里叹了口气,看了看我说:"他无论怎么努力,都不顺利。现在想想,虽然有很多不好的时候,但是我真的很喜欢和爸爸在一起,贫穷没什么不好——这是在贫穷中真实的想法,这和一个从未因钱苦恼过的人说'只要有爱,就算贫穷也无所谓'是完全不同的。然而,我妈妈觉得爸爸这个人已经不行了,不能再这样下去了。所以过了大约三年,我的姨妈——妈妈的姐姐介入了他们,最后爸妈离婚了。"小岛一边擦嘴,一边继续说下去,"现在我也想不明白姨妈为什么要介入他们,爸爸在离婚前可是什么都没说,也没到需要外人来解决问题的地步。不过,就在快要离婚之前,妈妈有了我现在的继父。我不知道具体的经过,不过我想那时候他们已经见过面了,我知道的。"

我点了点头。

"很久很久以前,在房子还没那么大的时候,我和妈妈一起吃饭,谈到了爸爸。只是一个随意的话题,我们聊到了他们为什么结婚。我不知道自己为什么要问那个话题,为什么会说到那件事……总之,我问了她。妈妈听了,把碗筷放在桌上,看着我的脸说:'我是因为可怜他才和他结婚的。'她说爸爸可怜。我听了她的回答,吃了一惊。后来我们正常地吃饭,可我仍然很在意,所以在她收盘子的时候又问道:'爸爸哪里可怜?'妈妈说:'全都很可怜。'"

小岛若有所思地沉默了。

"可怜是什么意思?我后来想了很多,可怜——我知道,却不明白,我怎么能明白呢?"

"不明白。"我点了点头。

"她再婚后变化很大,突然变得富有,不是因为她努力工作得到的,而是因为她嫁给了有钱人,她为此感到高兴。仿佛她之前的生活都是前世发生的事情,只要我稍微提到爸爸,她就会心情不好。很明显,或者说她是故意的,似乎她认为一切都结束了,尽管爸爸和我还活着……在我看来,我跟着她,导致她的立场变弱,因此她不想惹是生非。我明白她的心情,可是我并不是因为讨厌她才说的。虽然我确实讨厌她,但现在人们的表情非常令人厌恶。我不知道该怎么说,非常令人厌恶。他们根本不明白什么是重要的,而这就是我每天的生活方式。"

小岛继续说着,不理会我是否回应。

"前几天,我去了爸爸所在的地方。很久之前我就和妈妈谈过了，她当然心情不好，但她让我去了，我很高兴。爸爸在温泉街上和按摩师一起工作，他不直接提供按摩服务，而是靠接送按摩师赚取工资。我抵达车站后，他来接我。我们很久没见，所以起初都不知道该说什么，但不一会儿就恢复如常了。"

"你玩得开心吗？"

"爸爸工作的时候我就在家里等他，有时我们会去散步，回家后一起看电视，吃晚饭，然后睡觉。大约四叠半[1]大的房间里有一台小小的黑色电视，洗澡就去附近的公共浴室。因为我要来，他从熟人那里借来了一套被褥。只要电话响起，他就不得不开车去工作，所以他完整的休息日只有两天。他带我到附近的大型超市，无所事事地逛书店、家具和家电店。他每天都穿着同样的工作服，鞋子也坏了，我一直担心这个问题，但他却对着我微笑。当我们四处闲逛和聊天时，我便又觉得这件事无足轻重了。后来我们去了一家宠物店，仔细地看了小狗和小猫，聊到了我们以前养的鲫鱼和其他动物。我对他能记住每一件小事而感到惊讶。之后，爸爸说要休息一下，我说要不就回家吧，他说没事，带我进了一家咖啡店，笑着说：'蛋糕你想吃多少就吃多少，果汁你想喝几杯就喝几杯。'他在笑，于

---

[1] 叠为日本的面积计算单位。一叠即一块榻榻米的大小，大约为1.62平方米。四叠半大约为9平方米。

是我说'那我就吃了',我虽然不喜欢蛋糕,但是吃了两块。一块奶油蛋糕,一块芝士蛋糕。"

阵阵清风袭来,眼前的天空没有丝毫风吹过的痕迹,只有远处有一片薄薄的云,仿佛是其他东西的边角料。

"你觉得神存在吗?"

很久之后,小岛低声问道。

"神?"我反问她,"什么样的神?"

"什么样的都行。知道一切的神。完全掌握一切的神。能看穿伪装、谎言和邪恶,并理解我们所有人的神。"

"你认为有吗?"我声音含糊地问道。

"因为,"小岛说着,没有看我一眼,"就算不是神也行,但如果不存在这样的神,很多事我都无法理解。金钱也是一样。无论我爸爸多么努力地为了家庭工作——而不是为了自己——他最终还是成了孤家寡人。他明明没有强求奢侈的生活,却连一双新鞋都买不起,而唯独没有想从中逃避的我们过着这样奢侈的生活,我不明白为什么会有这样愚蠢的事。我认为存在一位神,他看着这一切,最后他将理解我们经历的一切苦难和我们克服的一切。"

我不知道该如何回答。

"你说的'最后',是指活着的时候还是死后?"

小岛用手指拂去脸上的一缕头发,用平静的声音认真地说出了每个词:"我认为活着的时候可以理解很多事情的意义……死后可以理解事情是怎么变成这样的……而且,什么时候其实并不重要,重要的是这种痛苦和悲伤一定是有意义的。"

小岛说罢就不再作声了,我也跟着保持沉默和静止。汗水渗出来,我扯开粘在后背上的衬衫,让风吹进里面。

小岛松开了一直放在下巴上的手,站直了身子,紧紧扶着栏杆,抬起头说:"你认为我们为什么会……被大家这样对待?"

我不禁移开了目光。胸口隆隆作响,我知道心跳加快了。我吞下了一大口唾沫。

"班里的人……他们真的什么都没想。他们只是跟在别人身后模仿,他们不知道自己所做的事情意味着什么,是为了什么。我们只是那些没有思考过的人的发泄口而已。"小岛叹了口气,"但是,这些事是有意义的。我们忍受了这些,未来一定有一个地方在等待我们,一个没有忍受过就无法抵达的地方。你不这样觉得吗?"小岛掷地有声地说,"班里的同学啊,他们什么都不知道。不知道自己的行为意味着什么,不知道会让人感觉如何,没有想过别人的痛苦。他们只是像其他人那样引起骚乱。一开始,我很不甘心,非常不甘。因为我脏兮兮的唯一原因是不想忘记爸爸,那就像是一个我们曾经一起生活的标志。这件事很重要,只有我明白,意味着我在这里穿着爸爸在别处穿过的泥鞋。脏污也是有意义的。但你知道吗,那些人永远不会明白这一点。你不觉得吗?"

我点了点头。

"还有你的眼睛,"小岛说,"在给你写第一封信之前,我读了关于斜视的书,并做了研究。我想知道它是否疼痛,以及斜视看事物是什么样子的。当然,有很多事情我不明白,但我想理解你。这是我的真实想法。从我找到你的那一刻起,我就知道你是我的朋友。"

我们都沉默了。

"小岛,你为什么会这么想?"我想用平常的声音问她,可不知道为什么我嘴里发出的声音似乎不是自己的,我数次用手帕擦拭嘴边。

"因为你的眼睛……"小岛还没说完,我插嘴道:"因为我是斜视?还是因为我被欺凌?"

"都有。"小岛说,"我认为两者不可分割。"她神情严肃地说,"你有斜视,因此和我一样被周围的人欺负。虽然你会感到难过,但我也认为这些事塑造了现在的你。而我为了保护对我重要的事,也有同样的悲惨遭遇。我认为缺少其中任何一点,我们都不会是现在的状态。所以我想我可以比别人更理解你的心情,你也可以比别人更理解我的感受。而且,我的感觉没有错,你来见我了。我认为你是一个真正善良的人,能理解别人的感受。因为被伤害过很多次,所以你真的明白被伤害是什么感觉。我可能不如你,但我希望可以理解一些你的感受——不,甚至想比任何人都更理解你。"

小岛从栏杆移动到楼梯,坐在从下数起的第三级台阶上。楼梯一直都在阴影里,所以光是看着小岛走上楼梯就很冷。我在盛夏阳光的照耀下看着身处蓝色阴影里的小岛,她双手撑着下巴坐在那里,看着我。

"我很喜欢你的眼睛。"小岛清晰地缓缓说道。

"从来没人这样对我说过。"

小岛看着我。

"我还是第一次听到这样的话。"

我镇静得就连自己都感到不可思议,诚实地把当时心中所想说了出来。我也不知道自己说了什么,我听到的声音似乎不是自己的。

小岛莞尔一笑,说:"这里只有我,没事的。"

听了小岛的话,我怔怔地点了点头,点了好多次。其间,手指的力气一点点地卸去,直到整个身体都失去了力气,我差点儿瘫倒在地。

"虽然还会发生很多事,但是我们一起努力吧……因为我家是这样的情况,我才有了脏污的标志。而你因为有那样的眼睛才是你。这就是我们相遇的原因……我们能够像这样聊天,我们能够像这样在一起。总有一天他们会明白,我相信总有这样一天。总有一天,一切都会好起来的。"

小岛说罢站起来,右脚向前迈了一步。小岛的脸和身体仍然处于楼梯的蓝色阴影中,只有她的运动鞋在洁白耀眼的阳光下。她缓缓地向我走来。一阵微风吹来,一切突然都像被和煦的风覆盖着,只见她坚硬的头发飘起来,像一块最柔软的材料制成的手帕。

待我回过神来,小岛已经站在我的身旁,近在咫尺地盯着我的左眼。我也用左眼看着她的眼睛。我摘下眼镜,把左眼靠近小岛的眼睛。仔细观察,可以发现小岛的黑眼珠呈现出棕色的渐变,宛如针尖般的光芒照耀着她瞳孔中最黑的部分。

我们沉默了好一会儿,看着对方。小岛犹豫了一瞬后双手握住我的右手,用手指尖摩挲,之后摊开手掌看了一会儿,再度用双手紧握住。小岛的手指和手掌微微出汗,湿漉漉的,比我的手冷多了。她的手很小,我用同样被她紧握的右手紧紧地反握着她的手。这是我第一次触摸她。

蝉鸣似乎被折叠成了比刚才更窄小的形态,驱至远方,几乎听不见。我的皮肤已经感觉不到刚才隆隆的热浪。小岛站在我的身侧,脸上浮现出了与之前完全不同的表情。

4

临近九月一日开学,我的身体到处都发生了变化。无论看什么、想什么,都很难有真实的感觉。我安静地躺在床上时,喉咙附近会产生摩擦般的疼痛,胸口被压迫着,时而还会发烧。虽然以此为借口可以推迟上学的时间,但能请到的假也只有两三天,而且新学期不上学会引起二宫等人的注意,这一点是我想避免的。我绝对不想再去做会刺激他们好奇心的事了。

我在玄关准备穿鞋的时候,妈妈问我是不是感冒了。"你先去上学看看,如果实在难受,就回家来。"

夏天的暑热根本没有缓解的迹象。我甚至想,夏天会不会就这样永远持续下去,上一个夏天还没结束,下一个重新开始,如此反复。湿热的日子还在持续,仿佛抓住了盛夏将其无限拉长。

学校里没有发生任何变化，同学们和往常一样喧闹，一如既往的场景不停地循环往复。大家穿着同样的夏装，拥有同样的肤色、同样的体格，用同样的声音说着同样的话。偶尔会听说有人去海外旅行或者见到某位歌手。每个人的声音都差不多，不过是同学们的声音罢了。

午休时间，我用写字垫板扇风，一个女生愤怒地对我说："小心点！斜眼！""你还活着呢？"一个声音传来，紧跟着我听到了笑声。一个喝了一半的果汁盒向我飞来。一切都跟往常一样。

小岛定定地坐在座位上，她那蓬松干枯的头发一动不动。没人跟她说话，她也不跟别人说话。我看着她的背影，想象着自己像其他人那样自然地走过，对她打招呼："嘿，小岛，早啊！一周没见，你好吗？"然后小岛看着我，和平时一样微微吃惊，她舒展眉头，向我微笑。小岛的鼻下总是长着绒毛，衣领也是脏的，可那是她重要的符号，因此不构成任何问题。对了，如果我把这件事告诉大家会怎么样？"大家！大家平时嘲笑的小岛的穿着，其实是有缘由的。这关乎她对爸爸的记忆。大家也都有私下里重视的东西吧？比方说照片啦，信啦。照片和信虽说都只是纸张，却承载了我们的回忆和心情，是具有意义的东西，因此它们就不再仅仅是普通的纸张，而是众多东西中特别的存在，对吗？是别人都不懂，只有自己珍视的东西，对吗？对小岛来说，最重要的就是她身体的脏污。虽然听起来不太寻常，但如果照片和信能变成特别的东西并且被认可，那么脏污应该也能被认可。因为每个人的想法都是不同的。"大家听了我的解释，这才露出惊讶的表情，有人说"什么嘛，原来是这样"，甚至有人发出了表示赞同的感叹声。小岛仿佛放下了心，只见她高兴地看着我微笑，然后我们聊起了没能见面的暑假里发生的事，高兴地谈笑着。

——正当我想象到这里的时候，有人撞了我的课桌。我回过神来，发现上课铃响了，老师已经走进了教室。老师身穿橙色的POLO衫，胳膊和脸都晒得黝黑。

我把手放在课桌里面冰冷的地方，心不在焉地听老师讲课。不知道老师讲了什么，大家笑了起来，我怔怔地看着他们。教室里只有小岛的身体是僵硬的，一动不动。我看着她的背影，不禁悲从中来。我感受到了强烈的无力感，不仅无力，甚至更差劲。我做不到刚才想象中那样的举动，给不了小岛哪怕一丝安心感。不仅如此，我甚至不能和数米之外的她搭话。

拜启。你好，炎热的天气还在持续。

你换到了窗边的座位，真不错。我一直想这样对你说，所以才久违地给你写信。在学校里我们肯定见到了对方，可我感觉似乎很久没见了。你呢？我不管

在家还是在学校，总是会想起暑假和你一起去美术馆的事，还有我们在楼梯上说过的话。你呢？虽然很唐突，但我想说你人很好。这是我的真心话。每当我想到这一点，就会感到莫名的苦涩。我说不好，我们聊过很多，但是新学期里我强烈地期望我们能聊更多，像之前那样。你呢？你是不是在想，我们会不会有很多话题可聊？可我认为只要见了面，我们就还会有更多要聊的内容。我真这么想。最近要不要在楼梯那里聊天呢？

话说前几天我终于和妈妈的"新人"（然而无论时间还是年龄，他都完全不是新人了）说话了。不是聊天，只是因为一些事情，我顺便说出了自己的想法。可是那个人却一副什么都知道的表情，仿佛无所不知地笑着听我说，我从来没有那样后悔过。我虽然生气，但是看到他听人说话时露出的轻笑，不负责任地教育别人还因此感到心满意足的表情，我想他应该从来没有机会去思考重要的事。

这样一想，我就感到落寞，我认为这不是他的错。所以我想原谅他，因为我想他大概也是牺牲者。

事实上，我越来越觉得，学校的同学们也是一样。如果说我是他们的牺牲者，那么他们或许是更庞大的东西的牺牲者。

　　我虽然被他们辱骂，在厕所遭受恶劣的对待，但看到他们的大笑时，我甚至可怜他们。不过，我现在写给你的东西就算告诉他们，他们应该也不理解。正如我从他们的行为中学到的一样，我相信有一天他们需要从自己的行为中学习和了解自己。不经历这个过程，他们不会理解这件事。他们必须从对我所做的一切中了解自己。仅这一点，就让我觉得这样的日子是有意义的。把自己的所想写下来，就会越写越长。我想和你聊聊。抱歉。我写了五个小时，就在这儿搁笔。再见。

　　这封信是小岛在九月的最后一周给我的。我总觉得她的写作风格和之前不一样了，因此不得不花费比平时更多的时间来阅读，而且她第一次写这么长的信。
　　我试着写了好几次回信，但写得不好。我写了很多与上次见面时小岛告诉我的事情有关的东西。我明白小岛在说什么，但我不知道该如何理解。我坐在空白的信纸前想着她，然后又想到了自己。过了一会儿，我从书架上取出字典的函套，将小岛寄给我的所有信又读了一遍。每封信都是明朗的，仿佛小岛就在那儿和我说话。而且我越反复阅读那些信，越想知道我之前写给小岛的那些信是在怎样的氛围下写了什么内容。正如小岛曾经写的那样，虽然信是自己写的，可一旦离开自己，就会去到一个与自己再无关联的世界。

我把信放回函套里，仰面躺在床上，盯着天花板。我想，我真的很想见到小岛。

我条件反射般地坐起身，又迅速躺下，闭上眼睛。"想见小岛"这句话每秒都在我的心里膨胀。我再次坐起身，伸手去拿字典的函套，再次从头阅读那些旧信。关于她的长信，还有我没能写的回信，我有些迷茫。但像这样，越是摸着小岛的信，想见她的想法就越是变得坚定。正因如此，我开始丧失给小岛写信的乐趣了。我想起小岛曾说她喜欢我的眼睛。我在脑海中一样不落地重现每个细节，一遍遍地重复。小岛说喜欢我的眼睛。一想到这里，我的胸口就会清晰地发痛。在那既快乐又悲伤的痛苦中，我几乎无法动弹。我可能正在寻找有关小岛的更为直接的东西。某种东西开始在我的体内生长，单凭写信已经无法阻止它，它折磨着我。我趴在床上，把脸埋进枕头里，在微弱闪烁的黑暗中不停地想着小岛。

5

十月初,妈妈的姐姐——我的姨妈去世了。我人生中第一次经历葬礼。

我从未见过我的姨妈,她年长我妈妈七岁,终身未婚,也没有孩子。

我爸爸出于工作原因去不了,所以决定由我陪她去。我不知道姨妈是个怎样的人,而且爸爸说我可以不去,但我觉得一个人参加葬礼太孤单了。妈妈说不强求我去,可当我说要和她一起去的时候,她看起来松了一口气,说"稍微有点儿远哦"。

这是一场安静的葬礼。我们端正地跪坐在社区中心的一个房间里低头默哀,十几位亲戚聚在这里,空气中弥漫着香火的气味,传来低沉的诵经声。当钟声响起,周围传来摩挲数珠的声音,大家轮流烧香,直到轮到我。有时我能听到抽泣声,我没有抬头，一直盯着自己的膝盖。

仪式结束后，大家往棺材里放入鲜花作为最后的告别。姨妈的嘴巴微微张开，鼻子里塞着白色棉花。那张脸没有任何特征，我不知道它看起来那样是因为人已经死了，还是她原本就长了一张那样的脸。这是我第一次见到尸体，我感到某种类似于恐惧或恶心的情绪。我的心情很复杂，一方面不想再靠近尸体哪怕一步，另一方面又想找到尸体与活人的关键区别，而无法移开视线。

我尝试着去想一想现在死去的这个女人，但自然没能想到什么。而当我想到自己几乎是偶然地见证了一个陌生人的离别时，我感觉到一种遥远的现实感回到了身体里，松了一口气。

出棺后，亲属们聚在一起吃午饭。但是妈妈拒绝了，我们决定回家。她甚至没有去火葬场。在场为数不多的亲戚目不转睛地盯着我的脸，当我转过头时，他们就迅速地移开了视线。当中有几个人找到我妈妈，她向他们介绍了我，一切都非常正式。我没有问她谁是谁，她也没有说。即便如此，我还是一眼就认出了她的妈妈——我的继祖母。但她在葬礼后没有和我妈妈说话，当然也没有对我说什么。我们在分发午餐便当前离开了会场。

"这是盐。"在回家的电车上，妈妈回答我的问题，"在进屋前把这个撒在自己身上。"

"为什么？"

"去霉运。"

我们在沉默中随着电车晃动。妈妈看起来非常疲惫，但如果抛开疲惫和结束了葬礼的归途，那是一个非常愉快的下午。直到我上电车前，我都无法把在棺材里见到的皮肤的感觉、颜色和皱纹等细节从脑海中抹去，可是当电车起动后，我就不再胡思乱想了。随着电车的晃动，我想起了小岛。无论是照进来的光线，还是电车行驶的地方都与之前完全不同，但有一个瞬间我觉得自己仿佛置身于那个夏天，我想起了我们并排坐着时说过的每一句话。

"不过，很奇怪啊……"妈妈突然说道，似乎想起了什么。

我听了她的话才回过神来，等待她继续说下去，但她之后就没再说了。

"什么？"过了一会儿，我问她。

妈妈回答说："嗯。"然后，她仿佛想起了什么似的嘟囔道，"……我在想，今天真是奇怪的一天。"

"奇怪吗？"

"是啊，非常奇怪。"妈妈说，"而且我真的很累。"她说完后陷入了沉默，闭上眼睛一动不动。

到达车站后，我们在回途时绕道去了超市。顾客们用不太友好的目光打量身穿丧服的妈妈和身穿制服的我。妈妈毫不在意地把菠菜、洋葱和猪肉片放进购物篮。我问她不撒盐就进来没问题吗，她说超市很强大，所以没关系。

两个购物袋都是我提着。到达公寓后，我们在等待电梯的时候，妈妈没看我，直接说道："谢谢你陪我来。"我说如果有下次还会陪着她，她叹了口气，搂着我的肩膀，脸上带着无奈的表情，笑了。

葬礼结束后，我生病了，请了三天假没去上学。我好几次想干脆就这样别去了，可这当然是不可能的。

我和往常一样一大早离开家，脚踏实地地走在水泥路上，穿过红绿灯，沿着林荫大道走到学校。地面像棍子一样延伸于一排排树木之间，呈深褐色，很潮湿。我用鼻子深吸了一口气，可雨水的气味已经消失了。地面确实是潮湿的，鞋底的触感和声音似乎被吞噬于大地深处。

我想或许是半夜或黎明时分下了些雨。除了我，没有人在林荫大道上行走。我听到远处汽车行驶的声音。我像是拖着来时路上的一切事物般向学校走去。

学校门口没有人，大门微微打开，和每天的这个时候一样。我穿过学校操场，朝后面的教学楼走去。除了我，学校里空无一人。我在途中回头望，抬头看了看我经过的教学楼，它看起来像一个巨大生物的枯骨。晨会演讲台的油漆脱落了，显得十分斑驳，微微倾斜着，看起来像是被什么东西打散了的骨头。

我走进教室，拉出椅子坐下。当我移动桌子时，感到一种不寻常的触感。于是我把手伸进去，看到一块破布掉了出来。我蹲下看向桌子里面，发现有东西被紧紧地压在里面。我抓住那块破布往外拉，里面的东西被破布拖着哗啦啦地掉在了地上，然后慢慢地散开。

像用碎纸糊的干面包，又像是幼虫一样的东西，仔细一看，是干燥的橙子籽。皱巴巴地团着的运动服和室内鞋是我的，还有钥匙圈、奇怪的毛绒玩具、面具、一沓印刷物、发芽的土豆、一本贴着图书馆贴纸的文库本、洗碗刷、黑板擦，以及剩了一半的水果牛奶的盒子，上面插着吸管，吸管口还滴着液体，闻起来令人作呕。我斜放着课桌看里面，发现还有东西卡在里面，于是我伸手去拿，一块用过的卫生巾从黑色塑料袋中掉了出来。

我呆立了一会儿，看着从课桌里掉出来的东西。我拉出椅子，坐在上面，怔怔地看着散落在地上的东西。我早已坐习惯的椅子，如今靠背和金属部分却变得坚硬无比，无论我试着坐了几次，都无法摆脱不适的感觉。

我不知道这样看着散落在脚下的东西过了多久。不一会儿，我感到有人从走廊里走了过来。出于某种原因，我屏住呼吸，觉得可能是结业式那天来教室里的女孩。随着脚步声的临近，我的胸口沉重起来，她的校服和直发浮现在我的脑海里，随后百濑的脸出现了，我的身体僵住了。然而，走进来的是班里的同学，一个与我无关的女生。她一看到我就把目光移开，放下书包就立即离开了教室。她总是在我之后来到教室。她离开后，我仍然无法动弹。我看了看黑板上方的时钟，发现距离其他同学到来只有十分钟左右。我慢慢地站起来，从门口存放清洁用具的储物柜里抽出一个垃圾袋，拿着它回到了座位，然后抓起散落在脚边的东西，把它们逐一放进了袋子。

过了一会儿，二宫的小弟和其他同学一起走进教室。他们看见我后，用垫纸板的纸角使劲儿地拍打我的脑袋，说："你怎么那么臭啊？"他们开心地说着，一齐笑了起来。

"你的桌子里面怎么了？"其中一个人笑着问我。我坐在椅子上，一言不发。

"你家有人死了？大家给你那个东西，那个……就那个……叫什么来着？"用垫纸板拍打我头的同学问他旁边的人。周围的人七嘴八舌地说"是悼词""不对，是电报"，他们说着，哄堂大笑。我在心里嘟囔道"是奠仪"，当然没有人听到。

过了一会儿，在另一张课桌旁和女生有说有笑的二宫走了过来，走到我身边时夸张地皱起了眉毛。

"这是什么？这气味是怎么回事？"他说着，在我的面前用手扇了两三下,"你真脏啊,不管怎么说这都会影响别人吧?你该洗澡了。你每天洗澡吗?"说罢,大家都笑了起来。

这时,有人说:"不洗澡的人是小岛吧?"听到小岛的名字,我深感震惊,以致太阳穴周围突然感到一阵寒意。

"班里竟然有两个这种人,真让人难以忍受。"二宫抱着胳膊说,接着他看着我想了一会儿,继续说,"你要么就现在立刻脱光,去喷泉那里洗干净头和身体,要么放学后陪我玩个游戏,你选吧。"

我坐在椅子上,一言不发。

"你不说话,那就是玩游戏了。"二宫笑了,"你不在的时候我一直在看书,我发现了一些想尝试的东西。玩游戏,就这么决定了!你别擅自回家!"

我直勾勾地盯着桌面,什么也没说。

当我看着黑板上的白字增加又消失,其间混杂着老师的声音,这个场景令我越发想弄清楚,受到这样过分对待的自己为什么要来学校。我想过很多次,但从未有结果。

我如果不想去学校,真的无法去学校的话,就必须向妈妈解释原因。她不知道我正在被欺凌,就像和我一样受到欺凌的人那样。

我曾多次想象向别人倾诉我被欺凌的事,比如妈妈,但我很快打消了念头。我不想让妈妈知道我被欺凌了。更重要的是，无论如何我都不想让爸爸知道。我无法想象如果他知道了之后会发生什么。我知道，即使我把这件事告诉爸妈，他们也无法参与到我的世界中。即使我告诉他们，事态也绝对不会发生好转。

我想过退学，但不确定。初中属于义务教育，我不知道能否终止。即使我可以告诉妈妈，即使因此我不再去学校，之后我该做什么呢？每当我站在边缘的时候，总是会感到绝望。没有读完初中就不能升入高中，我不知道一年后我该如何生存下去。莫非一边打工一边度过余下的几十年吗？有可能吗？此外，当我想到这个问题时，脑海中总是浮现出这个想法：哪怕我不上学，或者继续上学，熬过这段时间，走出校门，去高中或上大学，世界似乎发生了变化，但这并不意味着类似的欺凌不会在那里等着我，根本无法保证。只要我还是这副模样，只要我有这双眼睛，欺凌就不会离开我，不是吗？而我接下来到达的地方已经在我不知情的时候决定了，即将到来的残酷事态也许隐藏在哪里一动不动地等着我。

快放学了……终于放学了，我因为过于害怕而无法安静地坐在那里。

等到教室嘈杂起来，我避开二宫等人的耳目，拿起书包，偷偷地离开了教室。我不记得午餐吃了什么,甚至不记得自己吃过东西,我的胃硬邦邦的。周围都是去参加社团活动的同学,叽叽喳喳的一队人走过,我只想着今天必须逃离这里,没有余力去想之后和明天的事。

当我低着头快步转过走廊的拐角时,小岛突然出现,我们差点儿撞在一起。

小岛一脸惊讶地后退一步,看向我。然后她紧闭双唇,只有眼睛弯弯的,像是开心地笑了。那一刻,我可以清楚地听到自己的呼吸声,感到眼眶周围的湿热在随着脉搏而跳动。

小岛拿着一个脏兮兮的鼓状的垃圾桶——她总是被派去扔垃圾,另一只空着的手揉着肚子。

"小岛。"我清晰地喊出了她的名字。这是我第一次在学校叫她的名字。

走廊上来来往往的同学没有一个人注意到我和小岛。小岛慢慢地把垃圾桶放在走廊的地板上,没有松开手。她有些畏惧路过的同学,却仍然站在我面前一动不动。我深吸了一口气,再次叫她的名字:"小岛。"然后,再次喊道:"小岛。"小岛皱着眉,似乎在问我怎么了,她虽然低下了头,看起来畏惧其他人,但始终直视着我的脸。

"对不起,没有给你回信。"我舔了几次嘴唇,憋出了这样一句话。

"我非常非常在意你的信。"

就在这时,我看到小岛看着我的眼睛突然向后看去,与此同时,我的腰部被重重一击,下一个瞬间我就狠狠地摔在了走廊上。我当即扭身想要避开小岛,因此肩膀摔在地上,狠狠地撞到了脸颊。

"你为什么要回家?"

二宫在从身后踹我的同学身旁索然无味地说道。

我被直接带出了教学楼,横穿校园,经过另一栋教学楼,经过一个小小的中庭,来到了体育馆前。

通常情况下,这片区域会有很多同学或使用体育馆的社团成员,他们或根据号令做伸展运动,或挥舞球拍做击球训练,然而现在却看不到一个身穿运动服或校服的同学。只有喇叭里传来放学铃那低沉的轰鸣声,还有混杂着女生们高亢的笑声和呼唤着谁的声音从远处传来,仿佛某种碎片。

我惊讶于没有人在那里,但很快就想起了原因。今天有每月一次的教职工会议,学校规定所有社团活动都暂停,所有学生都无一例外必须离开学校。

体育馆的正门当然是锁着的。可如果左转,沿着墙壁走,就会发现一个小小的应急入口。那是一扇银色铝制、看起来很轻的门。他们转动把手打开门,穿着鞋子相继进入。我也被抓着肩膀推了进去。从应急入口进入,是由连接到舞台一侧的低矮楼梯组成的空间,里面挂着束起来的巨大酒红色天鹅绒幕布,散发着尘土飞扬的旧布气味。我站定后,后背被人推了一把,差点儿朝前摔倒。这时,我的书包从肩上滑落,没拉拉链的外侧口袋里装着的文库本掉在了我的脚下,我急忙捡起来塞回口袋里。

自入学以来因集会和上课而来过多次的体育馆,现在看起来就像是第一次来。天花板比我想象中要高得多,内部也宽敞得多。

他们似乎有些激动,一进门就兴奋起来。当有人开始大喊的时候,二宫警告了他们。警告之后的脚步声、窃窃私语和憋闷的笑声听起来非常奇怪,在空气中有种奇妙的膨胀感,一时半会儿都没有消散。

应急入口传来了声音,大家不约而同地默默看去,只见百濑走了进来。从我所在的地方可以看见他慢慢地关上了门,不一会儿就传来了上锁的金属声音。

二宫看见了百濑,嘴角上扬,露出了笑容,他轻轻地举起了手。百濑对此没有特别的反应,而是双手插在上衣口袋里向我们走来。我仿佛听到了口哨声,又或许只是我的错觉。当时百濑瞥了一眼我的脸,但这只是因为我碰巧在他的视野里,而不是他在看我。他的眼神中没有任何情绪。那边站了六个人，包括二宫和百濑。

二宫朝着因为拉上厚窗帘而隐匿不见的正门走去，从一旁堆积如山的垫子中一阵翻找，最后拿着一样东西向我走来。

"我想让你穿上这个踢足球。"二宫对我说着，向我展示了一个因破裂而瘪掉的球皮一样的东西。那是一只排球。我下意识摇了摇头。

"本来呢，我想准备一个足球，但这儿没有。"二宫一边说，一边在手里来回转动那个软趴趴的排球，"不过也是，足球也不是在体育馆踢的东西。"二宫说着，用鼻子哼了一声。

"足球比排球贵，所以每一个都有编号。如果训练结束后有一个找不到，就得一直找，直到找到为止。如果还是找不到，所有一年级的足球运动员就都要接受魔鬼训练。"二宫把手指插进排球洞里，转个不停。

"我挺善良的，所以这次用排球。虽然不像乒乓球，但这个也能一直转，而且我在球类中最喜欢排球，手感很好。比起硬球我更喜欢软的。就像绷带一样，软软的。"

我一直在看二宫的脚。

"我休息的时候看了一本书，很难得。我根本不喜欢读书，但偶然也会看一本。对了，你是喜欢看书的那种人？"二宫问我，"刚才你掉了一本，那是什么？有意思吗？"

我无法回答任何问题。

"小说基本上就是写各种各样的人生吧。但是你我都已经拥有了真实的人生，为什么还要费尽心思看编造的人生呢？"

我沉默着，仍然无法作答。

"就跟魔术一样，到底有什么乐趣呢？我完全理解不了。你不觉得吗？那不就是单纯的有机关的把戏吗？只是一种技术而已。去看，去写，重复这个过程并不会带来本质上的改变，只会变得更糟、更惨。那可是正儿八经的谎言啊！只要不是魔法就没有意义，无聊透顶！"

二宫让我摘下领带，想了一下，又让我摘下眼镜，然后叫他的小弟摘下我的眼镜，命令他把我的双手放在身后用领带绑起来。"轻轻地。"二宫笑着说。

百濑站在不远处，双手交叉，用左手的食指尖摩挲着嘴唇，看着我们。

"足球人。不过因为用的是排球，所以严格来说是不对的。不过因为我们要踢嘛，所以这就是足球。总之先把你踢进球门的一方获胜。"二宫向我解释道。

"我们一对一来踢，他们先玩，之后是第二组，最后是我和百濑。赢家通吃制。喂，做个球门！"二宫命令道。

"大家脱了鞋再玩。"

他的两个小弟拎着脱下的鞋子，在相隔两米的地方放下，然后在十米后的相同地方，放置了同样相隔两米的鞋子当作简易球门。

我试图转动手腕，但我的手似乎无法抽出来。如果我现在把手抽出来，情况不会改变，我只会被更大的力量重新绑起来。我的腋下、后背和大腿开始冒汗。

"你要去理解球的感受，并努力与球融为一体，像一个球一样行动，明白了吗？"

二宫把手中的排球从裂缝处展开，放在我的头顶，想把它戴在我的头上，可无论他试了多少次，排球都会卡在太阳穴处，费了很多时间。

"你的耳朵很大嘛。"二宫说着，咂了咂舌，"真让人恼火。"

这时，百濑走了过来，一言不发地从二宫手中接过球，扒开裂缝再次套在我的头上。一阵吱吱的声音传来，我的头骨被挤压，很快眼睛就被灰尘的气味覆盖，什么都看不见了。我的身体倏地收紧，脑内看见一个高速闪烁的图像。我甩了甩头，试图逃跑，可是有人踢了我的腿，叫我待着别动，说什么"麻烦死了"。球皮没有遮住下巴，我的半张嘴都露在外面。

"排球这么小啊。"二宫发自肺腑地感叹道。

"那我们就开始吧！"

在不知该称之为什么颜色的沉闷的黑暗中，我无法站立，我只好反复地扭动身体表示抵抗。我不知道自己在做什么动作。我从未见过的黑色液体立即涌到我的身上，打湿了我的腿后向上蔓延，它蔓延到我的嘴里，充满了我的肺，瞬间我的身体就从里开始融化。我试图移动双腿来逃离液体，但很快就失去了平衡，摔倒了。我跪倒在地，重新调整姿势，试图重新站起来，却又倒下。我不得不重复做同样的事，然后在闷笑声和喘息声中以同样的方式再次摔倒。

"看起来不像球，"二宫高兴地说，"不过感觉不赖。"

有人抓住我的胳膊拉我起来，我被拖着走了几步，被命令站在那里。

"我们继续！我发出信号，就开始。像踢足球那样，大家好好踢！"

我紧握的双手和膝盖颤抖得厉害，我甚至能听到它们颤抖的声音。我全身用力，眉间也使上了劲儿，我闭上眼睛，咬紧牙关。我能感觉到嘴唇上翻，呼吸从齿缝漏出。心跳从没这么快过，耳朵里发出了奇怪的嗡嗡声。这是我第一次听到颤抖的声音，如果能把手指伸进耳道，就能触摸到它的质感。

"要来了！"二宫说罢，我清楚地感觉到周围的空气形成一股气流，我绷直了身体。

接下来的一个瞬间，在二宫发出信号之后，一个仿佛在世界上空爆裂的巨大的冲击扩散开来，闪着银光的东西在我的眼底燃烧般地飞散而去。我不知道发生了什么，只感觉双腿在空中飘浮着。我全身的重量都压在脸上，无法呼吸。一侧脸陷入了撕裂般的疼痛旋涡，以极快的速度驱赶我的意识。疼痛有一个清晰的声音，我不知道它从哪里来，被投射到哪里去，或者是什么，尽管我能清楚地感觉到。过了一会儿，我的脸开始发麻，我想或许脸被炸掉了一块儿。我倒在地上，尽量弓着背，设法把脸凑到屈着的膝盖上，火辣辣的疼痛似乎蔓延到了身形之外。

我不知道到底过了多久，只听到了二宫嫌麻烦地"啊"了一声，周围的人也发出了类似的声音。

"为什么一开始就砸中他？你们根本不了解规则，真是的！脏死了。"

我感到泪水顺着脸颊流下来，打湿了整张脸庞。无尽的泪水打湿了嘴唇，顺着下巴滴到地板上，再从太阳穴流到头皮，扩散开来。

我动弹不得，后来感觉有人把手放在我的头上。我被拉了起来，头伸出球外。我闭着眼，光太亮了，晃得眼睛疼。我躺在那里，仍是睁不开眼。

我的脸持续麻木着，感觉到泪水从紧闭的眼皮之下顺着脸颊淌了下来。我一动不动，这时，捆绑着我双手的领带被解开了，通过眯着的眼睛，我看到有人的腿正在移动的影子，他踢走我的眼镜。当我伸手想去拿眼镜时，我发现血液在地板上流淌。地上有一摊血,像打翻了一盆水那么多。那些都是鲜红的血。我睁开眼睛看着,震惊于自己的身体里居然流出这么多血。我拿起眼镜,擦掉表面的血迹时,感到指尖上有不同于眼泪的液体。我把指尖靠近左眼,黏稠湿润的血仿佛要对我说话似的充满了生机。

我无法确定这大量的血是来自我脸上的某个伤口还是鼻子,鼻子周围强烈的麻木感没有减弱的迹象。

"结束。"二宫慵懒地说着,拍了拍手。窃窃私语声停止了,我听见有人打了个哈欠,之后又开始小声说话。

"足球人取消,一点儿都不好玩。"二宫用一种听起来既不有趣也不恼火的声音吐槽道。

我用手肘和手掌支撑着抬起上身,然后用指尖轻轻触碰鼻子,确认它还在。当我的手指触摸到鼻子时,感到了一阵强烈的疼痛。我拼命忍耐着戴上了手里的眼镜。仅仅把眼镜梁抵在鼻子上就让我差点儿停止了呼吸。我慢慢地睁开微微颤抖的眼皮,用力地眨了眨眼睛。

二宫正低头看着我。在他身后,百濑似乎也在看着我,他抱着双臂,重心放在一条腿上。其他人似乎在互相说笑,我听见身后偶尔传来鞋底摩擦地板的吱吱声,笑声也随着那声音一同传来。

"你回家的时候一定不要被发现哦!我们离开之后你再走,

差不多隔三十分钟左右。老师们可能还在开会，你一定要小心。还有，我想你明白，在家里也要小心……哦，对了，"二宫想了一下，说，"你听好，你从那扇门出去。视听室的教学楼不是在那边吗？你绕到后面的矮墙，那里比其他地方低一些。今天你就从那儿回家吧，以防万一。这可能很艰难，但你必须克服它。拜托了！"

我坐在那里，低着头，看着地上的血迹。衬衫胸前的血迹是鲜红的，我看不清外套上的血迹颜色。二宫等人开始悠闲地向门口走去。然后，二宫仿佛想起了什么似的转身对我说："擦掉再走。"他指了指正门，留下了这句话，"不要用外面的水管。用那边的水。清理完再回去。"

二宫等人在关门声响起后离开，我再次翻身，仰面躺下，怔怔地盯着天花板。

我无法思考任何问题，只是张大嘴巴，不停地用嘴呼吸。天花板上映出了我的身影，和上面线性图案重叠在一起。天花板上映出我仰面躺在地板上看着自己的模样，开始缓缓下降——我穿着校服，戴着眼镜，眼睛以下都是血——逐渐离我越来越近。当他离我大约两米远时，停住了。

我仍然一动不动，什么也没对他说。他的黑眼睛在眼镜后面转来转去，我不知道他在看什么。"我不知道你在看什么啊。"我喃喃自语道。

这时的我身体非常小，四肢和脖子瘦得出奇，任何一个部位都感受不到力量。我的外套甚至不足以盖住肩膀，沾满血迹的衬衫下摆从裤腰里伸出来，裤子太大，置身其中的我似乎失去了平衡，被倾斜地固定住了。

我一动不动地盯着自己看了一会儿。当时，另一侧的我嘴唇缓缓地动了，我知道他说了些什么。但它如此微弱，以至于我无法读懂。过了一会儿，另一侧的我有了表情，我以为他在对我微笑。他血淋淋地看着我，缓缓地露出微笑。虽然我不明白他的意思，但他一直看着我。我吸了吸鼻子，口中分泌出大量唾液，充满了整个舌头。我有些犹豫，但还是把脸转向一边，吐出了口中的东西。那是混有唾液和小气泡的血，可以看到里面的黑色小血块。

这时，门外传来了声音，我瞬间紧绷了身体。我下意识地以为是有老师听到声音赶来了。

然而，出现在门口的人是小岛。

小岛在门口站了一会儿，看着我。然后，她仿佛突然想起了什么似的向我跑来。小岛跪在地上看着我说："你流了很多血。"她皱着眉头，摇了摇头，舔了舔嘴唇说，"疼吗？怎么办？"

"很痛，但是已经结束了。"我说。

"刚才我跟来了，我看到他们出去后才进来的。"小岛的声音像被强风吹过似的在颤抖,"抱歉,我只是吓到了。总之……你能站起来吗?"她说着,用手轻轻地扶着我的肩膀,一边反复点头,一边大口吞咽着唾液。

"可以站起来。"我说,"我第一次流这么多血。"我微微一笑,用手背擦了擦鼻子下面,看了看。上面沾着一层厚厚的血迹,但鼻孔里的血似乎已经凝结了。贯穿全脸的脉冲式疼痛没有好转的迹象,反倒似乎更严重了。小岛坐在地上,一动不动。

我站起来,把衬衫收进裤子,拉开领带卷起来,放进外套口袋里。

我走到二宫刚才指示的水龙头处。刚站起来时眼前一阵眩晕,但能直走。每当我把脚向前迈进,整张脸都在抽搐。

白色陶瓷水槽上有裂缝,水桶桶底有一块干抹布,长柄拖把立在地板上,也是干的。我打开水龙头,放出一股细水流。我把水捧在手里,轻轻地洗了把脸。疼痛仿佛在手指触及的地方聚集、爆裂。然后我把拧干的抹布放进盛水的水桶里,拿到有血迹的地方。小岛随即去水龙头那里拿了抹布,我们默默地擦拭地上的血迹。抹布中的水似乎把血迹拉出了更多的痕迹,越擦越糟糕。小岛用被彻底拧干的抹布吸掉血。有的地方血液已经结成块,于是我用指甲将其刮掉。桶里的水被抹布上的污垢和稀释后的血液搅得混浊不堪,很快就看不到水底了。

"我就在那个玻璃的地方看着你们。"小岛一边盯着地板擦拭,一边低声说。我一边擦,一边默默地点了点头。

"直到你被踢的时候……从那之后我就颤抖个不停,看不下去了。"

"嗯。"我又点了点头,把抹布的水拧到水桶里。

"我也在厕所被打过。"小岛低声说,"虽然没出血,但是疼得厉害。那些人绝对不会让人从外观上看出来,他们可擅长干这些事了。对了,你以为是谁教给他们的?"小岛问我。

"一定有一本书能详细解释这一切。"我没有看小岛。

"他们看书学会的,然后在我们身上做试验吗?"小岛嘟囔道。

我没有回答。

"这样对我们到底是练习,还是来真格的?"

大概两者都有吧,我心想。我换了一桶水,在里面涮洗抹布,拧干,小心翼翼地把地上的血迹擦拭干净。擦完后,我起身看了看地板,发现之前流淌在那里的血迹已经消失不见了。

"你的衣服怎么办?"小岛看着我的脸说。

她看起来几乎筋疲力尽,我不知道我们擦地擦了多久,也不知道进来了多久。想到这里,我试着透过二楼的窗户眺望天空的颜色,但无论怎么看都看不出什么,和刚才相比它似乎没有任何变化,我感觉太阳快要落山了。我没有看小岛,对她的帮助表示了感谢。小岛盯着我的脸，接着她似乎又盯着我的口鼻附近看。我不知道自己现在的脸是什么样子。

"谢谢就算了，你的衣服怎么办？"小岛再次问道。我说我会搞定，不用担心。

然后，我们轻轻地打开了应急入口的门，在身后关上，确认周围没有任何人的迹象之后向邻近的教学楼后跑去。教学楼的墙壁和矮石墙之间，有一个小花园般的区域，那里安静而黑暗，生长着茂密的苔藓般的杂草，空罐和手套乱丢在墙边。我们沿着墙走，发现了二宫所说的区域——比其他地方低四分之一。

"为什么走这儿？"小岛看着我停下的背影，问道。

"我必须从这儿回家。"过了一会儿，我面向墙壁回答她。

"我浑身是血，不想从正门出去碰见别人。很麻烦。"

我向小岛解释的时候，感觉四肢的力气都被抽去了，也不知道自己在跟谁说话。

"翻过去之后去哪儿？"小岛问。

"我没从这儿出去过，不过因为这儿是正门后面，所以我们最后会在正门后面。"我动嘴说着自己也不太明白的话。

"我是不是不从这儿走比较好？"

"我想是的。你最好从正门回去。就算碰见别人，也不会有什么麻烦。你就说一直在教室来着。"

接着,小岛和我都没说话,在那里站了一会儿。

我不想让小岛看到我更悲惨的模样,一想到她能看到,我就想要消失。我一言不发地等待她离开。可她一动没动,定定地看着我的后背。

"那你先过去,我再走。"过了一会儿,小岛随意地说。

我打心底里希望她立刻回去,却说不出口。只是背对着她,一言不发。

"你痛吗?"小岛用迷茫的声音问我。

我没回答。

"我觉得你最好去医院。"小岛说。

"我会去的。"

"嗯。"

"再见。"我简短地说完,将手放在石墙上。它的高度足以让我不用伸手就能够到。我的身体感觉憋闷和沉重,就像包裹在泥土中的铅,我不知道该把力气放在哪里,也不知道如何移动抵着墙的脚,我只想消失。

我放在墙上的手麻了,虽然脑海里知道翻墙的步骤,却无法行动。我试图强迫自己翻过去,但试了几次都失败了,脚踩在了地面上。小岛在我身后为我拿着包。我的脸还在阵阵作痛。我默默地一次次抓着石墙,四肢在试图用力,但都没用。我感觉热量从胃里升起,疼痛之下,脸开始发热,涌上来的情绪无处宣泄。当我用鼻子呼吸时，凝固的血块打在黏膜上，疼痛蔓延。我无法转身去看小岛的脸，我想尽快从她的视线中消失。我的鞋底刮过笔直的石墙表面，发出干巴巴的声音，掉下灰色的沙粒，我踩在了同样有很多杂草的黑暗地面上。

"嘿！"小岛叫我。我正要伸手去抓石墙。

"嘿！"小岛又叫了我一声，然后拉着我的胳膊，把我拉向她。她皱着眉，定定地看着我说："我想和你谈谈。"她的声音比平日更低了。

我看着她的脚边，什么也没说。看到她脏兮兮的运动鞋鞋带散开，垂在地上。

"我看着你被他们包围的时候感受到的和平时完全不同。"小岛慢慢地说起来，"我认为你是对的。嘿！你我和他们在同样的年纪，有同样的体格，所以如果我们想，我们本可以用同样的方法来抵抗和报复他们，但为什么我们没有？"

"因为我很软弱。"过了一会儿，我开口道。小岛立即否认了这一说法。

"你和我都不是因为软弱才被欺凌的。我们不只是照他们说的去做。也许一开始是这样，但我们并不只是顺从，而是接受。我们明白面前发生了什么，于是去试着理解和接受。要说我们到底是强者还是弱者，如果不是相当坚强，是无法做到这样的。"

"接受？"我重复她的话。

"是的，虽然表面上看起来是我们在受欺凌，但我们是在做有意义的事情。"

我默默地思考小岛说的话。

"你说得对，我们……可能是弱者，但弱小并不是坏事。我们可能是弱小的，但这种弱小是有意义的。我们可能弱小，但我们知道哪些是重要的，哪些是不重要的。那些仅仅因为不想步我们的后尘而假装没看见的同学，为了取悦二宫等人或者嘲笑我们的同学，他们可能认为自己的手是干净的，但他们其实什么都不懂。他们和那些伤害我们的人完全一样。在那个班上，唯一没有和他们接触的人只有你和我。你刚才……不仅是刚才，而是一直以来，被踢了也好，无论别人怎么对你，你都接受了。看到你，我感觉很多东西都解开了结。我说得不好，但我感觉一切都清楚地落地了。我认为你的方式是目前情况下唯一正确和恰当的方式。"

"我在做什么，以什么方式？"

我开始慢慢地说话，仿佛把脆弱的纸做成的文字一个个地贴到我眼前的空间。

"我是说你所做的都是正确的。"小岛一边说，一边开始哭了起来，"我在告诉你，你是对的。"

"不要哭。"我看着她的脸说。从她捂着脸的双手之间可以看到她的嘴歪曲地张开着,从那里可以看到小小的牙齿。她手掌掩盖的脸颊泛起了潮红,我想起了夏天的开始,坐在美术馆长椅上哭泣的她。我那时也想对她说点什么,应该说点什么,可我最终没能对哭泣的她说出口,现在也同样说不出口。

"小岛,不要哭。"我低声说。

"我没哭。"小岛迅速抬起头,用手背揉了揉眼睛,"虽然我哭了,可这不只是因为难过。"她吸了吸鼻子,看着我的脸笑了。"这是表示你正确的证据,不是难过。"

我点了点头,小岛深吸一口气,抬头看了看,然后又深深地吐出一口气。

"我刚才说认为你是正确的,你相信我吗?我真的从心底里相信你,你相信我吗?"

"我相信。"我微微地点了点头。

"大家都害怕你的眼睛。"小岛用低沉却坚定的声音说,"虽然他们说你的眼睛恶心什么的,但那是谎言。他们害怕得不得了。不是说你的眼睛长得令人害怕,而是有些事情他们不理解,所以害怕。他们只是一群伪君子,一个人的时候什么都做不了,所以当他们看到与他们不同类型的人时就会感到害怕,并试图将其击垮和驱逐出去。他们真的很害怕,却一直在掩饰。他们这样做只是为了安心。时间久了,他们就会变得麻木。即便如此,他们也无法摆脱最初的恐惧,于是一直做着同样的事情，日复一日。无论他们如何折磨你和我，我们都不会告诉老师和父母；无论他们对我们做什么，我们都会来上学，而这让他们更害怕了。如果我们在学校哭，或者低头请求他们停止，也许可以轻易地阻止他们的折磨。但我们并不只是服从，我们拥有坚实的意愿——接受。你可以说，我们是在选择。这就是他们不能放过我们的理由。他们是不安的、恐惧的。"

小岛说罢，用指尖在嘴唇上摩挲了几下。接着，她轻轻地按了一下右眼，似乎在检查眼球的形状。灯光下，我可以看到她脸上有淡淡的泪痕。她看着我，笑着说："有一天他们会明白的。"

当我站在黑土上的时候，感觉脚下的空气明显变冷了。天空不知何时被厚厚的云层遮盖，有些地方变得黑乎乎的，远处传来隐约的雷声。我不知道现在几点。呼吸时，鼻腔被血块堵塞，令我感到疼痛。许多东西一点点混合起来的气味，飘浮到空中，与我急促的呼吸声混杂在一起，不一会儿就消失在了某个地方。我无法解释其中的气味，但感觉每一种都很熟悉。

"我喜欢你的眼睛。"小岛说，"我以前说过，它们是你重要的标志，你的眼睛只有你才有。"她微笑着看我，眼里仍然闪烁着泪光。

"我喜欢你的眼睛。"

* * *

那天晚上，我根本睡不着。

我的身体如此沉重和疲惫，以至于多次想要呕吐。可当我闭上眼睛，便能感觉到神经高度紧张，眼前的黑暗忽浓忽淡，没有任何迹象表明我会进入睡眠状态。喉咙又紧又痛，躺在被窝里又闷又热。我越是想睡觉，睡眠似乎离我越远。

我对妈妈解释说，我没能避开，迎面撞上了一辆自行车。她惊讶地看到我衬衫上变色的血迹。我告诉她不用担心，只是流鼻血而已。她皱着眉头盯着我，最终似乎被我说服了。她检查了我的身体，发现没有伤口后说，有可能撞到了头，最好去医院看看。我回答说我没事。每当我发出声音时鼻子还是会痛，不过如果是骨头断了，疼痛可不止这样，而且比起刚受伤的时候，现在要好得多。我说先观察一个晚上，然后就回到了房间。我不想再和任何人说话。

当我换了衣服，想把带血的衬衫放进洗衣机时，妈妈说要扔掉，于是我默默地递给了她。她皱着眉头，接过衣服卷了起来，问我对方到底怎么回事。我说他跑掉了。妈妈追问对方是什么样的人。我说是个年轻男子。我小时候撞到过这样的人，我确实撞到过自行车，也曾因为无法避开而摔倒。这都怪我的眼睛，我看不清楚距离。

"还好只是自行车。"妈妈叹了口气,"要是撞到车该怎么办?"

"那我会流更多的血,死亡的感觉会更加强烈。"我说。

第二天,妈妈坚持要我先去医院,再去学校。我劝她说,我一回来就去。我说服了她,并在平常的时间离开家去上学。下床时,我的喉咙和胸部感到从未有过的疼痛,好一会儿都不能动弹。

如果我把一切告诉妈妈……不,即使不告诉她,如果我可以在房间里一直待下去,那该有多轻松啊!然而,我不能留在这里。小岛需要我,我也需要她。虽然我们在学校里不能为对方做什么,但只是看着她的背影,只是因为她在那里,我就多次得到了拯救。我不能把小岛一个人留在那个教室里。她可能会像我一样,因为我的存在而得到拯救。

我边走边尽量准确和仔细地回忆小岛昨天对我说的话。小岛哭了,笑了,然后告诉我,她喜欢我的眼睛。这不是她第一次说,但她的话有一种温柔的力量,把我轻轻地推回了被踢倒前的地方。

小岛说,大家都害怕我的眼睛。她说,大家看着我不知聚焦于哪里的眼睛,感到了自己不曾知道的东西,反复欺凌我是为了掩饰恐惧。她说,我的眼睛就是我自己,而且我们没有单纯地屈从于他人,而是选择了这样的状态——接受它。她反复这样对我说。无论我们遇到多过分的折磨，都不会对人倾诉；无论发生什么，我们都会上学，然后在学校里重复着同样的事，即便如此我们仍然接受——这才是真正重要的、有意义的事。

我想我必须用自己的语言去思考小岛和我，思考昨天，思考一切，可我不知道首先该做什么。关于被欺凌？这么明显的事情，事到如今我还在思考？关于我的斜视？关于小岛的标志？我觉得自己仿佛闭着眼睛被淹没在没有温度的泥潭深处。我读小岛的信时，与小岛在一起时，我想到她时，所感到的那明亮细微的触感似乎还未抵达这里。

我继续沿着林荫大道前进，没有任何方向感。我在中央停了下来，深深地、长长地吸了一口气，直到肺部感到了酸痛。然后我抬头看着天空。淡蓝色的天空中什么也没有。无数树叶依旧像一团团厚重的棉花，簇拥在一起。它们是如此之重，以至于似乎要在一瞬间将我完全覆盖，无情地令我窒息。直到刚才还在的夏日余韵消失得无影无踪，待我回过神来，发现自己已经站在了秋天里。光线、土壤、气味，还有不知不觉间落下的无声的雨，打湿了一切，眼前瞬间变成了寒冷的秋天。

"你怎么了？"班会后，班主任叫我过去，满脸惊讶地问道。

"撞到一辆自行车，摔倒了。"我回答。老师穿着白色的

POLO衫,用卷起来的纸角挠了挠鼻侧,直勾勾地看着我。

"是昨天摔倒的?"

"是的。"我回答。

"在回家的路上?"

我点了点头。然后他又问了很多问题,诸如时间、地点、怎么撞的、对方后来做了什么等。我重复着向妈妈解释的内容。

"好吧,虽然某种程度上无法避免,但你还是要小心啊。肿得很厉害呢,去过医院了吗?"

"还没。"

"最好去看看。这么肿,要不去学校保健室看看吧。"

老师说罢,转动手腕,把手表戴回去,然后对全班说了"忘了说,下午的体育课不是实践课,而是保健课,就待在教室里"之后就走了。后来二宫的小弟过来问我和老师说了什么。他们威胁似的笑着,并再三确认"没问题吧"。我告诉他们我是如何向老师解释的,并强调没说多余的话。我注意到小岛担心地看了我几次,但我没有看她。

我还没看过自己被踢的脸。我已经很久没有照镜子了。在学校去厕所时,我有意识地避开镜子,在家我也尽量不看。这样做其实没有看起来那么难,我很快就习惯了没有镜子的生活。

放学后，我走出学校，去了附近唯一的综合医院。

医院里聚集了各种各样的人，空气中弥漫着难闻的味道。我看到一个头上缠着白色绷带的男子在打电话，坐在沙发上看大电视的几乎都是老人，有时护士会在他们耳边大声地说明怎么吃药，仿佛在空气中描画大字。

我把保险卡递给窗口，之后便和老人们坐在一起，随意地看着屏幕上的新闻节目。我旁边坐着一位老妇，她双手交叠放在拐杖上，一动不动。我无法判断她的眼睛是否睁着。

我的名字被叫到，得到了一张塑料卡。他们让我穿过大厅，到整形外科窗口那里等着。向我说明流程的护士看上去业务娴熟，说话的时候只看着我的手指尖。

我要去的整形外科前患者人数比其他科室多，大家几乎都没有明显的伤势。我在问诊单上根据指示做了标记，把它递给窗口，然后站在那里等待。

当我被叫到、进入检查室时，医生看着我的脸，睁大了眼睛，说："哦，看起来很疼啊。"医生看起来和爸爸差不多年纪，可能稍微年长一些。他长着一张长脸，拥有不错的体格。他的白大褂十分洁白，在有污渍的墙壁和使用过的器械的衬托下显得有些发青，胸前的口袋里插着一支圆珠笔和几支带橡皮的铅笔。

"流血了吗？"医生边问边挪动椅子让我坐下。

"流了。"我回答。

"流了多少？"

"很多。"我说。

"是吗？"医生点了点头，草草地扫了一眼问诊单，确认我当时没有头痛或恶心之后，便问我撞到了自行车的哪个位置。我回答说，我的脸没有直接撞在自行车上，而是摔倒时撞到了地上。医生发出了类似"嗯"的一声，转动椅子移动到我的面前，把手指放在我的额头上按了一下，又抬起我的下巴，用一个小银灯照着我的鼻子，将手指伸进鼻孔转动。我隐约闻到一股酸臭的口臭。结束后，他从我的鼻根往下捏了捏，力度不一，并问我哪里疼。我回答都很疼，说着，眼泪充满了眼眶，最后泪水从眼角溢出。医生吱吱地移动转椅，回到了办公桌前，在我的病历上写了什么，让我在走廊里等着拍X光片。

拍摄结束后，我再次被叫进了检查室。医生指着X光片说骨头没有问题。

"虽然没骨折，但是跌打伤很严重，还要疼一阵子。"他说着，用手捂着嘴咳了一声，"这是白天的药。"

"我不用再来吗？"我小声地问医生。

"你想来就来。"他笑着说，"不过，要视你的情况而定。我给你开些止痛药和敷料。疼的时候吃药，敷药只在睡觉的时候用。但如果你不介意，白天也可以敷药，光晚上敷也行。"

他说着,用圆珠笔尖轻轻地点着桌面。"敷料直接用的话太大了,你可以把它剪成适合你的大小。止痛药一天最多吃两次。"

我回答"知道了",道谢后站了起来。

"还有,"医生说,"肿块消退之前你暂时别上体育课,因为你很虚弱。不过我相信你的老师看了你的脸也不会说什么。"他说罢,脸上露出一个大大的笑容。我看到他整齐排列的牙齿,每一颗都很大,有成年人的拇指指甲那么大。

"一星期后再来,让我看看恢复情况。"医生双手在我膝盖上拍了一下说,"多保重。"旁边的护士如同收到信号似的迅速拉开帘子,微笑着把我领到走廊。她喊出了下一位患者的名字,声音里夹杂着奇怪的鼻音。

6

秋意一日一日越发浓重。

当我穿过林荫大道到达学校时发现，正门后的大花坛里，不知名的花开始绽放。又大又圆的淡粉色、白色的花瓣，紧紧地贴在干枯的、长满海藻的绿色植物上，随意地堆在那里。

我想，那大概是秋天的花。可无论怎么看，它们都仿佛是我永远不会接触到的世界里的事物。我能感觉到的只有鼻子里残留的疼痛。虽然疼痛会随着时间逐渐消失，但我的心情却没有因为等待而变好。

十月十日之后，小岛写信说想见我。那是一封短信，上面写着她明天放学后在楼梯处等我。

像以前那样，信贴在我的课桌里，而我将它带到厕所里读。上面的字与我第一次在信上看到的非常不同。这的确是小岛的信，过去用自动铅笔写的、像线一样淡淡的纤细的字，不知何时变得又大又浓，甚至给人一种压力。可那毫无疑问是小岛的笔迹。我好奇地看着它，深思熟虑后回信说，有事，去不了。

第二天，我收到回信，她说愿意随时和我见面，想听我说话。第三天，课桌里贴了一张便笺，上面写着想和我见面聊天。两封信我都没有回。我没有心情见她。

而且，我几乎睡不着。

我每天早上醒来时，喉咙和胸部的同一个地方越来越疼，一喝水就更疼了。我拖着恍惚的头脑和身体去上学，上课时常常因为困倦、打瞌睡而被老师提醒。二宫等人都觉得我很有意思。因为无法睡觉，我的身体一整天都在发热，脸红出汗，皮肤总是湿乎乎的。

即使在家里，我也渐渐难以对妈妈说"早上好"或"欢迎回家"；即使在房间里，我也不再看书，甚至连碰都不碰。我一整天待在窗帘紧闭的房间里，躺在床上一动不动。逐渐失去了食欲，像被削去了什么似的，而且总感觉有东西卡在脑袋的一侧。洗澡的时候不知道该从哪里开始，因此只是泡在水里，不再清洗身体。

"你什么时候去医院?你是个门外汉,不听专家的意见鼻子会烂哦。"

一天早上,妈妈这样对我说。我含糊地应了一声后走到玄关,这才意识到,自从上次去医院后,已经过了很久。

"如果鼻子烂了,你知道接下来会怎么样吗?"妈妈看着我的背影问。

"会掉下来。"

"不仅如此,不是掉下来,而是慢慢地剥落。"妈妈谨慎地说,"你知道掉下来和剥落的区别吗?剥落是……"她还没说完,我就含糊地应了一声,打开门走出去了。

临近十月底的时候,失眠已经不再是偶尔才发生了。我以为睡了一个小时,很快醒来,然后就再也睡不着了。我起身眺望黑暗的窗外,过一会儿再回到床上,闭上眼睛。

我看向桌上的日历,发现自己睡不着的情况已经持续了一个月。日历上写着一九九一年十月,自从第一次睡不着后,过了一个月。我躺在黎明前的黑暗中,试图回想过去的一个月,但没想到任何具体的事物。

渐渐地,我开始考虑自杀。

起初,"自杀"只是一个模糊的词,没有现实意义。"自杀"这个词带来的想象仅仅是"某人在不知名的地方死亡"。然而,一旦我有了"自杀"的念头,它就逐渐以一种奇怪的方式生长在我的心里。我开始在身体深处感到,自杀并不只是发生在别处、陌生人身上的事情,只要我愿意,它就会发生在我身上。

渐渐地,思考产生了具体的想法。

我想象着抚摸自己被刀刃粗暴割开的手腕。然而,即将实施切割的右手和被切割的左手对我来说仍然只是遥远的事物。同时我也知道,割腕流出的血量是在体育馆里从鼻子里流出来的那些所无法比拟的。当时我虽然没死,但知道割腕就会死。

我还想象过吃下大量药物后死亡。我想象着将无数的白色药片灌入喉咙,紧紧地塞进消化道里向下滑,直到填满胃部。我想知道,当药片与胃液混杂而变得黏稠后会对我的身体产生什么影响,以及我会如何死去。在睡梦中死去是一种连自己都意识不到死亡的方式,而且似乎是最体面的死法。不过,这仍然遥不可及。现实中的我不知如何获得药物以及如何服用。我想象的只是,在服药死亡后,身体一定会变得冰冷。

死亡到底是什么?我在漆黑的房间里一直思考这些琐碎的事。即便此刻,我也在试图想象一定有人死去。我试着去想,这不是寓言、笑话或假设,而是事实,完美的事实。而只要我们活着,迟早都会死。这样一来,活着不就是在等死吗?如果是这样,那我们为什么活着?现在还活着的我是什么?我逐渐迷失了,在若干次尝试睡觉后,我发出了沉重的叹息。我开始认为死亡和睡觉是一样的。当我第二天早上醒来时,才发现自己睡着了。如果早晨永远不来,人就会一直处于睡眠状态。这不就是死亡吗?如果是这样,那死去的人就不知道自己死了。也就是说,死人都不会死——奇妙的感觉涌上脑海,我摇了摇头。

起初裹挟着我的想死的念头似乎自此消失了。我只想消失,想获得轻松。可是如果死亡不是真正的死亡,是否意味着我已经消失?我可能会永远徘徊在梦一样的世界里。活在梦中世界和真实存在的世界,有谁会知道二者的区别呢?

我仿佛看到了棺材里身穿校服的自己,鼻孔里塞着白色的棉花,有几个人围着我,和之前那场葬礼一样。我微微一笑。即使我成功地死去,也不可能看到死后的世界,可是一旦想象死后的世界,我就饶有趣味。同学们对此会怎么想?大概会取决于遗书的内容。不过二宫等人会受到惩罚吗?抑或全班同学都能巧妙地蒙混过去?如果只是这种程度的欺凌,那会不会有人认为,死者才是有问题的人?肯定会有。会有人认为原本就会死的人死去是正好的事吗?会说我缺乏忍耐力吗?如果我自杀,会发生让我感到庆幸的事吗?例如小岛不再受到欺凌,又或者会变得更糟……各种各样的念头在我的脑海中,像闭上眼睛后消失的图案那样浮现出来,最后再次消失不见。然而,无论发生什么，人们必定会忘记。就算我作为一个因被欺凌而备受折磨的人死去，可能也不会改变什么。

我曾经常常在深夜里哭泣。不是我想哭，而是泪水像出汗一样扑簌簌地从眼睛里涌出。泪水不断地流淌，我问自己是否悲伤，可我不清楚悲伤是什么。如果哭泣是因为悲伤，那我确实悲伤，可我不知道二者哪个在先。我就这样不断地流泪，胸口颤动，眼泪随之落到脸庞，躺在床上定定地凝视着终将结束的黑夜。

*　　*　　*

小岛仍在给我写短的便笺和稍长的信。这些信让我感到亲切。阅读时，我经常希望见到她，和她聊天，然而出于因某种原因做不到。我甚至无法回信。那年夏天和在应急楼梯上发生的事、那些所有让我感到温暖的东西都落满了灰尘，变得遥不可及。

我在课堂上听到的每个字都在听到之前就已飞散得七零八落。我只是坐在那里，不知道如何将我的精力投入其中。我日渐虚弱，但对此毫无感觉，仿佛那只是别人的事。可是反过来，小岛的信却让我日渐感受到了某种我从未知晓的力量。我盯着它们，却无法再去想些什么。

从在教室、走廊被同学们欺负和嘲笑的小岛身上，我开始感受到了同样的变化。过去，她就像毫无生命力的破烂被褥，现在却被一种与信同质的力量所保护。不，不是被保护，而是她获得了这种力量。教室里的一切都和以前一样，但我明确地知道，只有小岛以谁也不知道的方式发生了变化。虽然小岛被女生们踢踹、被差遣跑腿儿，但看着看着，便会有某个瞬间突然发现，我不再了解那里真正发生的事。

小岛偶尔会与我对视，她慢慢地移动身体面向我，对我微笑。我因为没能给她回信而感到沮丧，但她的笑容却告诉我没什么。她只是微笑着看我，直到我把目光移开。

* * *

接下来的星期四，我去了医院。

我抵达时已经过了五点，窗口和大厅像上次去时一样拥挤。人、电视节目、颜色、声音和气味，一切都和上次没有丝毫不同。我去的是同一家医院，自然是这样。然而，那既不令人怀旧，也没有我经历过的、被称作"déjà vu"的似曾相识感。我突然不知道自己究竟处于什么时间，这种感觉非常奇妙。

我向窗口迈进了一步。就在这时，我在坐在大厅椅子上的人群中看到了百濑。他穿着校服，坐在许多等待取药的病人的最里面。

我的心在那一刻咚地跳了一下，下意识地迅速躲在公共电话后面，因此将一位正用下巴和肩膀夹着电话说笑的中年妇女吓了一跳，她环视了一圈我的脸后迅速转身离开。百濑应该看不到我了。坐在那儿的人肯定是百濑。光是想到那人是百濑，我的心就越跳越快。

仔细想来，我从未在学校外面遇到过二宫和百濑。

在学校里发生的事终究是在学校里发生的。包括欺凌本身在内，二宫、百濑和同学们的存在总是折磨着我，但他们本质上只是我生活的一半。因此，在学校外面看到百濑让我的心中充满了难以言喻的焦虑。我知道可以直接走出身后的自动门，不看医生就回家，但我却无法从若干黄绿色的公共电话和观赏植物之间的缝隙中挪开一步。

然而，就在下一秒，我迈开步子，慢慢地走向百濑。

大厅的地板不硬不软刚刚好，我把鞋底的橡胶压在上面，一边装作在检查地板，一边走向百濑。当时我的脑子里一片空白，既没有什么话要对百濑说，也不想看到他的脸。我也不知道自己在做什么。

百濑坐在边缘的椅子上，环抱着双臂，看着自己的脚趾。

我站在离他的脚趾非常近的地方。只见百濑的目光从我的脚趾移到膝盖，又从膝盖移到大腿上。我看到他的视线顺次向上，接着在目光到达我锁骨附近的时候他吸了一口气，最后目光到达我的脸上。他只有黑色瞳孔的位置发生了变化，就像无风天里的云影。他一动不动，最后稍微扬起了下巴。

我默默地站在那里，低头看着他。

百濑看了我几秒钟，但很快又把目光放回脚上，仿佛在看墙上张贴的诸如接种疫苗之类的海报。他脸上的表情让我想起了崭新的白色手套。

为了不碰到百濑的腿，我跨过他的两膝，移到旁边的空位。座位的靠背部分变了色，上面放着一张因被翻看了多次而变得皱巴巴的报纸。

当我跨过百濑的身体时，他一动不动，也没有看我。他的态度并不是装腔作势，而是真正的、纯粹的冷漠。我在他的旁边坐下，他抱着双臂一动不动，我也抱着双臂看着脚。百濑似乎在想与我完全无关的别的事情。

过了一会儿，窗口的负责人没有叫到百濑的名字，也没叫到我的。

我不知道百濑是否已经完成了检查，正在等待账单和药品，抑或即将接受医疗检查。他似乎没有受伤，也没有特别的病态。

有一阵子，我们谁都没有动。周围的人一直在移动，似乎额外承担了我们的那份。在自动门的开关声、护士柔软的鞋底拍打地面的声音和夸张的问候声中，我一动不动地坐在百濑身边。

  我不知道在那里坐了多久，或许只有几分钟，或许过去了更长时间。随着时间的流逝，我本该很紧张，可是困意向我袭来。当我试图驱赶困意的时候，头隐隐作痛起来。我昨天也没能睡好。上课时和正值傍晚的此刻，我都耐不住困意。笨重运动鞋的白色轮廓逐渐变得模糊，眼皮即将耷拉下去……我撑着额头，一次又一次地把它们顶住。

  百濑仿佛想起了什么似的突然站起来，走了，我立刻起身跟上他。百濑没有回头看我，而是快步穿过人群之间的缝隙，从自动门出去了。我跟着他来到外面。此刻的天色暗了许多，早些时候还有残余日光的地方，现在开始慢慢渗入了夜色。空气中充斥着明显的寒意，我听到一阵强风吹过，树叶沙沙作响。身穿校服的百濑，背影被淹没在了向医院走来的人们之中，隐匿于即将到来的夜色，以比我快若干倍的步速走着，快要消失不见了。我加快脚步，几乎是小跑着追赶他。医院的占地面积非常大，有一个闪着银光的大型自行车停车场，里面停着无数自行车，草坪上均匀地分布着蓝白色的小灯，还有配套的长椅。当百濑快要离开医院大门时，我几乎是下意识地伸出手，抓住他的外套衣领，拼命地拉。

百濑双手在深蓝色的夜空中大幅地摇摆,向后跌倒,一只手撑到了柏油路上。他抬起头瞥了我一眼,然后移开了目光,默默地站起来,礼貌地拂去我的手。他把身体侧向一边,看着我。我的目光没有从他的目光中移开,而是继续看着他。

"怎么了?"

百濑双手插在外套口袋里,对我说道。我的头微微倾斜,这是我第一次近距离听到百濑的声音,与我记忆中他的声音非常不同。我没有回应,片刻之后他再次问道。

"怎么了?"

"我有话要说。"

我明明不知道要说些什么,却这样对他说道。

"对谁?"百濑的表情没有变化。

"对你。"我说。

"谁要说?"

"我对你说。"

"我没话对你说。"

"是我有话对你说。"我说。

百濑盯着我。我也盯着百濑的脸,不知道自己在说什么。我感觉膝盖和指尖都在小幅地颤抖。

"就算你想说,可我为什么必须听你说?"

"不是必须。"我说。

"而且我们在这儿遇见不是偶然吗？有话非得现在说吗？你等下一个偶然吧！"百濑的嘴角浮现出了微笑。

"不是偶然。我看见你来医院了。"我撒了谎，"因为有话对你说。"

百濑若有所思地看着我的脸，我听见他轻轻地呼出一口气。

"真瘆人啊。"百濑冷笑着说，"短话还是长话？你想说的和我有关系吗？"

"不知道，但是我有话要对你说。"

"那你说吧。"百濑说罢，走到路灯下的长椅前，坐了下去。我没有坐下。

"我睡不着。"过了一会儿，我开口道。该说的话毫无逻辑地挤在脑子里，我自言自语似的说出了这句话。我睡不着。我再次在脑子里重复着刚才说的话。这是真的，我睡不着。

"在过去的一个月里，我一直没能好好睡觉。"

"哦。"百濑看着自己放在膝盖上交握的指尖，"你睡不着。"

"是的，我睡不着。"

"你睡不着和我到底有什么关系？"百濑一脸无辜地看着我。

"因为你们我才睡不着。"

"'你们'是指谁？"百濑的表情似乎表明，他不懂我在说什么。

"因为你们我才睡不着。"我说。

"所以我在问你,'你们'是指谁?"

"你们。"

"哦。"百濑点了点头,用指尖点了一下眼角,"就算你说是'我们','我们'对你做什么了吗?"

我差点儿要说出"欺凌"这个词,却没说出口。我觉得这种说法有误。我的牙齿颤抖着,发出声响。我吞了一口唾液,绷紧下巴,深吸了一口气,想说"你们对我做了过分的事情",可又觉得这样的说法似乎无法表达我的处境和百濑他们对我的所作所为。我找不到合适的语言,只好沉默。

"是什么啊?"百濑面无表情地对我说,"是什么?"

"你们……"我把颤抖的指尖藏进外套口袋里,慢慢地说,"经常对我施加暴力。"

"暴力?"

"让我对你们言听计从,踢我,打我。就因为我是斜视,所以我遭受了你们的暴力。"我说。

"你希望我们停止?你想对我说的就是这个?"百濑说。

"也许。"

"'也许'是什么意思?"百濑笑着说,"什么嘛。"

"为什么?"说罢,我再也说不出话来了。我默默地看着百濑,他叹了一口气,不耐烦地说:"什么?你在说什么?"然后又叹了一口气。

"为什么？"我重复道，"你们……怎么能这样做？为什么……你们要做这种没有意义的事……不管是谁都无权对别人施加暴力。"我一字一句清晰地说，"我没做任何应当遭受你们暴力的事。"

百濑交握着指尖，看着我的膝盖附近。

"我是斜视这件事……我的眼睛就是这样，我不是说你们不能这样认为。"

我缓慢地把这些词连起来，唾液不断地分泌出来，然而口腔和嘴唇仍然很干，我不得不一遍遍地舔。百濑轻轻坐在长椅上，摆弄着手指。我吞下一口唾液，继续说道。

"无论是谁，看到我的脸就会大吃一惊，或者移开视线，这些事对我来说已经是家常便饭。你们心里如何看待我都不要紧。但是，我希望你们尽量不要打扰我。

"我生来就有这双眼睛，并不是自愿选择的。你出生时拥有正常的眼睛，也不是你的选择，对吧？在这个意义上，你我是一样的。如果你感到不舒服，我也没办法。但这并不意味着……你有权利使用暴力。谁都没有权利这样做。"

我一边说，颤抖的手指仍然在外套口袋里紧紧地攥着。我的身后传来了自行车经过的声音，几个女人边走边高兴地聊着天。

"我不太明白你的意思。"过了一会儿，百濑微微挑起一根眉毛，看着我说，"我不太明白。"

"不明白什么？"

"首先，"百濑说，"你刚才说，在无法选择这一点上我和你一样，这是错的。正如你看到的，我不是斜视，也不是你；就算你也不是斜视，你也不是我。"百濑笑道，"你和我在各方面都完全不同。还有你刚才说的没人有权利对任何人施暴，你明明没做什么为什么我们不放过你……你的想法我不明白。"

"所以我问你不明白什么。"我说。

"人做某件事，不是因为拥有权利，而是因为想做。"百濑咳了一声，用食指摩挲着手指关节，"还有什么，对了，你说没有意义的事，我是赞同的。可是没有意义有什么问题呢？正因为没有意义，所以可以做，不是吗？当然你希望我们放过你，那是你的自由，不过周围的人想怎么做，那是周围人的自由。这两件事不是一致的。你不能因为这个世界没有以你想要的方式对待你而抱怨，对吗？换句话说，你谈愿望是你的自由，但是原则上，你不能参与我的想法和行为。"

我看着百濑的手，在脑子里重复着他说的话。

"而且，"百濑继续说，"我想说一点，你从刚才起你就在说你的眼睛，可是这一切与你的斜视没有关系。"

听了百濑的话，我全身僵住了。与我的斜视没有关系？我感到喉咙附近开始跳动，耳朵后面阵阵收缩。我多次舔嘴唇，呼吸，发出干瘪的声音："你这话……是什么意思？"

百濑听了我的声音，饶有兴趣地笑了起来。

"我想说的是，你好像误会了。你在班上被欺负了，是吧？这对我来说没什么意思，我也不在乎。班上的大多数同学都取笑你，欺负你，踢你，打你。你说得没错，这些事每天都在发生，我承认。我知道你是'斜眼'，也知道他们叫你'斜眼'。但这只是一个巧合，本质上与你是斜视没有关系。你的斜视并不是你被欺负的决定性因素。"

"我不明白你的意思。"我说，"你们一次又一次地……总是取笑我的眼睛，愚弄我的眼睛，叫我'斜眼'……一直欺负我，可你却说跟我的眼睛没关系？"

"所以，"百濑扑哧笑着说，"哪怕不是你，也会是别人，谁都行。只是碰巧你在那儿，碰巧我们有那样的心情，碰巧二者达成了一致而已。"

"我不懂你的意思。"我终于大声地说出了心中所想，说出了同样的话。

"你为什么不明白？我的意思是，你被欺负与你是斜视无关。"百濑叹了口气，似乎拿我没办法。

"为什么在那么多学生中我成了被欺负的对象？"我犹豫了一瞬，接着说，"不光我，你们……也同样欺负小岛了，不是吗？你们嘲笑她脏，一直欺负她，不是吗？如果是碰巧，那为什么是我和小岛被欺负?仅仅因为'碰巧'这种理由,我们就必须承受折磨吗?"我的声音颤抖着。

"小岛?"百濑歪着头看着我,"哦,确实有这个人。"

风剧烈地吹着,树木发出了摇摆的沙沙声。

"我说的'碰巧',简单来说就是这个世界的运作方式。"百濑说,"不仅你被欺负这件事,这个世界上有不是碰巧发生的事吗?你觉得没有?当然事后人们可以找出若干种理由来进行解释。但是事情的源头是什么,什么时候发生的,除了碰巧,别无其他。你的出生也是碰巧,当然我的出生也是,你和我在这里偶遇也是。就算其中有某种倾向,只是因为碰巧在那个瞬间产生了想做的心情,不是吗?所谓欲望,不就是碰巧产生的吗?想打谁,想踢谁,这种偶然间产生的欲望有时候碰巧会实现。你所处的情况单单是各种碰巧达成一致的结果而已。"

"碰巧……"我不明白地重复道。

"是的,碰巧。我不在意你,对二宫他们对你的行为也没兴趣。只是当时在场,什么都没想,没有情绪,没有兴趣——对我来说,仅此而已。"

"就因为这样……"我低声说。

"就因为这样,对别人……让别人遭受折磨,你觉得这样没错吗?"

"我说,"百濑再次叹了口气说,"这是对错的问题?我没这么说，我只是在说明情况。"

我沉默着一动不动。我越来越不明白他的意思了，只是站着看他的膝盖附近。百濑一边摆弄手指，一边继续说。

"没有任何意义。每个人都只是在做自己想做的事，大概。首先他们有欲望，欲望诞生的瞬间，没有对错。而他们只是恰好有机会实现这一欲望，包括你。然后，他们只是在以自己的方式满足欲望。你也有想做的事，不是吗？如果你能做到，那就去做。基本原理是一样的。

"不。"我下意识地说，手指在口袋里抠了几下指甲，"这……只是你为了合理化自己的行为而进行的解释。比方说，一个人去想去的地方，和想打人就对别人施加暴力是不同的，不是吗？"

"当然形式是不同的，可原理一样。你认为有什么不同？"

"你们也知道打人是不对的，不是吗？"我说，"你说只是在遵循欲望，但你们也知道那是不被允许的事，不是吗？"

"谁知道呢……"百濑歪着脑袋说，"话说，这重要吗？"

"为什么你们不知道？"我说，"你们……会后悔吧？所以你们总是试图阻止我对别人说，小心翼翼地对老师隐瞒……你们是这么做的，没错吧？打我的时候特意不在外观上留下伤痕，不是吗？如果这种欲望和其他欲望一样，为什么不能在大家面前公开去做？因为你们知道这是错的，不是吗？……你们堂堂正正地做啊！为什么？你们为什么要费尽心思？"

百濑一脸不解的表情说："为什么？"

"如果你们认为是正确的，应该能够做到，不是吗？"我说。

"这和权利是一样的。"百濑说，"对的事没必要做，不是吗？又不是因为想做的事是对的才去做。我刚才的话你听了吗？"

"不是这样的。"我说。

"就是这样的。"百濑说。

我叹了口气，抬起头摇了摇。空气似乎更冷，夜色也更浓了。我眯着眼睛，看到白色的昆虫在灯光周围飞舞。我摘下眼镜，揉了揉眼睛，试着回想目前为止百濑对我说的话，但这并不奏效。我几乎不能站在那儿。

"你如果站在我的立场，你能接受你刚才说的话吗？"我问他。

"我没让你接受。"百濑厌烦地说，"你根本不用同意我的观点。如果你不喜欢，那就做点什么。"

"所以我才……"

"你知道吗？这个世界，怎么说呢，不是一个。没有一个世界是所有人都能以同样方式去理解的。虽然有时看起来是这样，但只是因为看起来是这样而已。我们自始至终生活在绝对不同的世界里，其余都只是不同世界的组合。"

"这是你的……"我还没说完,百濑继续说道:"在这个组合中,我们这里发生的事情和你那里发生的事情乍看上去似乎有联系,但也完全没有关系。是吧?比方说,你一直认为被欺负是因为你的眼睛,但这对我来说毫无关系。你所经历的难以入睡的折磨,对我来说也不算什么。我不会有任何类似于良心谴责的东西,我根本不这样觉得。对我来说,这甚至不是欺负。不仅仅是我和你,你想想看,大家都这样,不是吗?只有那些没有按照你希望的方式进行的事情。个人的想法和世界之间本就没有任何关系。人们在不同的价值观中相互摩擦,保持自我,仅此而已。"百濑咳了一声,继续说,"所以,如果你不喜欢你所谓的'欺负',那就只能对我们——对二宫他们做些什么。我刚才也说过,我不感兴趣,也不觉得有趣。可是不知道为什么,在这一切之中我碰巧有了一些想法,仅此而已。和你在这里说话也是一样。"

"那……别人的感受呢?"我自言自语地呢喃道。

"不知道。"百濑说,"这是当然的事,你必须考虑自己的感受,不是吗?我不会要求你考虑我的感受,因为没有人会这么说。"

说到这儿,百濑似觉有趣地大笑起来。我默默地看着他,他笑了很久。

"你知道吗?艺术和战争等也都一样。无论在哪里,人们总是谈论着诸如'那个很好吃''什么是美''这才是真理''这是假的'……他们从不厌倦，因为他们不能保持沉默。这就是活着。你可以生气，也可以高兴，最终还是要去享受。"

说这话时，百濑耸了耸肩，伸展了后颈。

"我有时觉得可怕的是欲望。"百濑说，"换言之，就是活着。因为没有人会保护你。"

百濑说罢，仿佛疯了一样突然大笑起来，一边把头发往后捋一边笑。我看到他的白色牙齿。

"还要说多久？"百濑笑了一会儿后，面带笑意地突然转头问我，"你的问题，我应该都认真回答了。"

我没有回答。过了一会儿，我对百濑说。

"如果我自杀，你会怎么样？"

百濑又大声地笑了起来。我无视了他，继续说道。

"我会在遗书中把你们的所作所为事无巨细地写下来。"

"哦。"百濑终于笑完了，看着我的脸说，"可能会有问题，不过那又怎么样？在我们这个年龄，不管做什么都不是犯罪。这种事很快就会被当作没发生。欺凌是不好界定的，要看怎么解释。"

"你没有罪恶感吗？"我的声音低得快要听不见。

"罪恶感？"

"不是和二宫他们一起的时候……比如你单独行动的时候，

你对自己的行为没有罪恶感吗？"

"没有。"百濑立即回答，"没有。"

"如果你的家人经历了我这样的事，你……也会痛苦。"

"那当然了。"百濑一脸意外的表情，"你到底把我当成什么人。不知道你知不知道，我有个可爱的妹妹。我绝不会让这种事发生在她的身上。"

"你不希望自己或家人遭遇的事，为什么能对别人做出来？"

"这完全是两码事。不想让妹妹遭受的事，为什么不能对别人做？"百濑瞪圆了眼睛盯着我，"人要保护自己不去遭受讨厌的事。这不是简单的事吗？我想你应该知道，'己所不欲，勿施于人'是个谎言。这只是那些不能独立思考、不能打开局面、没有能力、水平不高的人的借口罢了。你得坚强起来！"他笑着说，"情况不就是这样吗？比方说那个人。"百濑说着，用下巴指了指我的斜后方。我看到一家人——四十多岁的夫妇和稍微比我年长的身穿校服的女高中生，正在向大门走去。

"我不知道那个男人是什么样的人，但如果他女儿告诉他，要去从事卖春或者拍摄成人录像的工作，他肯定会反对。一般的事可能还好，但这种事他一定会严肃反对。可是呢，他也会通过别人的女儿寻求安慰。这种事情很常见。如果设身处地为对方着想是合理的，那么他应该设身处地站在那些女人的爸爸的立场上，想象自己的女儿赤身裸体为他人服务时的心情。但这完全是两回事。没有一个男人会考虑他面前的裸体女人的爸爸。不，我完全可以接受。当然了，这不关乎好坏，只是预先区分开而已，方便自己。"百濑揉了揉眼睛，继续说，"能说出应该站在对方的立场上考虑问题的人，只有生活在没有区分的世界上的人。他们是没有矛盾的。可你在哪里能找到这样的人呢？没有吧？每个人都根据自己的喜好来思考和行事。每个人都在散布一些谎言，以防自己的便利被打断。是吧？每个人都心安理得地做着不希望别人对自己做的事。食肉动物吃食草动物，学校可以判断人在某一时期里能力的优劣，强者总是打败弱者。即使是那些搜罗漂亮话、制定利己规则并从中感到安心的人，也不能从这个事实中逃离。"

"所以，无论做什么，都是一样的结局？只要去做想做的事就行？"我垂头丧气地低声说，不知是对百濑还是对自己。

"你小的时候，别人是不是对你说过，做了坏事就会下地狱？"百濑说，"这是没有的事，所以才特地编造出来。一切都是这样的。任何地方都没有意义，所以捏造是有必要的。"百濑笑了，"弱者无法忍受真相。他们无法忍受痛苦、悲伤，还有生命本来就没有意义这样明显的事实。"

"谁……能理解？"我声音干瘪地问。

"只要有一个正常的脑袋，就可以理解。"百濑笑着说，"如果有地狱，它就在这里；如果有天堂，它也在这里。这里就是一切。这没有任何意义，但我觉得很有趣。"

我默默地看着他的脸。

"所以啊，你不要相信这些愚蠢的谎言。你只能依靠自己的力量保护自己。"

"如果……我……"我为了从混乱的大脑中抽离，一边缓缓吐气一边说，"我说要报复你呢？"

"如果你能，那就报复吧。"百濑迅速地回应，"成年以后，你能做到的事就去做到，去做你想做的事就好。没人能阻止你，没人拥有阻止你的权利。但问题是，为什么你明明拥有合理的动机和合适的时机，却没有报复我们中的任何一个，包括我？嗯……说到报复，这是个有些跳跃的问题。比方说前几天，我们把你的头套进排球里踢你，我们做到了，是吧？你狠狠地被踢了，是吧？但你没有报复我们。为什么没有？这里就是关键，是吧？你可能会说这是因为我们人多势众，但在我看来这无关紧要。假如现在让你报复，你能把排球套在我的头上踢我吗？"

"我……"我哽咽着说，吞了一大口唾液后说，"我不想这么做。"

"是吧，问题就在这儿。"百濑高兴地笑着说道，"你为什么不想做？做不到？这就是问题所在。你为什么不拿着菜刀之类的东西捅我们呢？如果你做了，可能会意想不到地改变一些事，可你为什么认为自己做不到？害怕被抓？但是现在做的话就不算犯罪哦。"

"我不在乎是不是犯罪。"我声音颤抖着说，"我只是不想这样做。"

"因为这会让你感到罪恶感？为什么你有而我没有？我们谁更诚实？"百濑笑着说，"都是诚实的。"

我保持沉默。

"不过，无论如何你都做不到。你做不到，别说杀人这么可怕的事，就连足球人你也不想去踢。但我们却不知道为什么可以在不杀人的情况下踢足球人。世界上有很多人，他们可以做或不能做各种各样的事。我上的课外补习班里有一个人，每天都被要求从家里带钱，因为他是有钱人家的孩子。有这样的人存在。还有人喜欢让别人在他们面前自慰。但是我们和他们不一样，我不是在说谁更好或更坏。只是有些事情你可以做，有些事情你不能做，有些事情你想做，有些事情你不想做，就是兴趣所在不同。能做到的事就是能做到——就这么简单。"

百濑说到这里，憋住了一个哈欠。

"但这也都是巧合。我们现在碰巧可以做到，你现在碰巧做不到，仅此而已。半年后会是什么样，明年是什么样，谁也不知道。"

7

"怎么样?"被护士叫到名字后,我回过神来,走进了检查室。医生一看到我就说:

"我不能让病人来找我,除非非常严重的情况,拜托了。"说着,医生笑了。我说:"很抱歉。"

"不过基本上已经好了。"医生凑近我的脸说,他的目光停留在我的脸中央,"还疼吗?"

"几乎不疼了。"

"嗯,因为没有骨折。"

"是的。"

"吃止痛药了吗?"

"吃了一次,在晚上。"医生听了我的回答,他点了点头说:"是吗?要是骨折,可不止这样。"

医生把椅子吱吱地转向办公桌,一边用笔在病历上写东西,一边背对着我说:"我年轻的时候,大概十几岁,鼻子断了。"医生说着转过头来,用食指和大拇指捏着鼻子给我看。"我跟别人打架了,鼻子完全被打歪了。互殴的时候太过兴奋,什么都不管不顾。后来呢,我照镜子吓了一大跳。因为从没见过自己的鼻子横过来嘛,我吓坏了。鼻子一般看起来都是笔直的状态嘛,那时候完全横了过来。接下来情况变得严重起来,给我诊疗的医生是个可怕的庸医,不,也不算庸医吧,以前都是那样。血还没有止住,他就把类似一次性筷子的东西塞进了我的鼻孔,愣是徒手把鼻子摆正了,当然也没有麻醉。那会儿的疼痛,现在想起来都起鸡皮疙瘩。你看,鸡皮疙瘩!一想到就肯定会起鸡皮疙瘩!"

医生稍微卷起了白大褂的袖子,作势给我看他的胳膊。我默默地看着,模棱两可地回应他。

"然后就基本上和你一样,每天吃药,过了一年,疼痛还没有消除。晚上睡觉的时候,毛毯轻轻一碰鼻子就会疼起来。那医生年纪很大了,而且也不像我,是个有审美的医生,不过我当时想,只要坚持下去就行。看,拜其所赐,我的鼻子是歪的吧!"

医生这么一说,他的鼻子看起来确实有些歪。即便如此,与其他鼻子相比——虽然我不知道自己对鼻子了解多少,但是在我看来——他的鼻子非常精致。鼻根凸起，鼻尖呈现一种具有挑战性的弧度。

"嗯，就是这样。"医生笑着说，"你也得照顾好你的鼻子哦。"

"好的。"我回答，"因为独一无二。"

"没错，独一无二。"医生笑了。

然后，医生告诉我，疼痛很快就会消失，如果我有什么问题可以再来。我道谢后，起身准备离开检查室时，医生从后面叫住我说："不过你的眼睛……从什么时候开始的？"

我惊讶地盯着医生的脸。

"不打算做手术吗？"医生无视了我的沉默，继续说道。

一名护士站在门边，拉开帘子以便送我出去。她和我一样看着医生。我无法回应，站在护士身边看着医生。

"这样很多方面都不方便吧？有的人还会头疼。"

我默默地微微点头，闭上眼后再慢慢睁开。耳朵里响起了一阵轻微的耳鸣，之后就陷入了静寂。待我回过神来时，感到喉咙很干，我后悔刚才和百濑聊完后没有喝东西。

"这个……"我慢慢地说，"我小时候做过一次手术，但是复发了。治不好，所以……没办法。"

"几岁做的？"医生问道。

"五岁。"我回答。

"再做一次不就行了？"医生轻松地说，"虽然我不清楚实情，但那时候的医生是不是技术不太好？"他说着，笑了，"开个玩笑。不过，做手术是有诀窍的，这虽然是个精细的手术，但手术本身非常简单。刚从大学毕业的学生就能做的那种。"

"可我当时做了全身麻醉。"我用自己几乎听不见的声音说道。

"那是因为你还小，不是吗？"医生笑了起来。

"这种手术还能再做吗？"我吞了一大口唾液，慎重地问道。

"虽然因人而异，但基本上是可能的。有些人需要做几次才能恢复正常。"医生说，"而且现在局部麻醉就够了。斜视手术就是把眼睛肌肉归位而已，花不了多少时间。很多年轻医生不是拉力太小，就是拉力太大，能做好是需要技巧的。我们眼科有一位技术很好的专家，你和爸妈商量商量，可以考虑让他来做。"医生说，"如果你有两只眼睛同时可以看到的经验的话……"

"我三岁就变成了斜视。"我低声说，"不过我不记得了。"

"那没关系。"医生挠了挠头说，"前几天有个比你小的男生做了手术。他说想成为棒球运动员，但斜视让他连一只苍蝇都无法抓住。"

"确实不能。"我说。

"是吧？你可能不想成为棒球运动员，但是如果再摔倒，撞到鼻子可不得了。虽然做手术加上复建需要你每天来医院一段时间,但是值得一试,不是吗?"医生说着,指尖在桌子表面有节奏地摩挲着,"不过我不勉强你。"

"没事。"之后我不知道该说些什么。护士站在我旁边,扶着窗帘,来回看着我和医生。

"而且花不了多少钱。"片刻后,医生又说。

"真的吗?"我惊讶地说,声音比我想象中要大得多。我从来没问过五岁时的手术费是多少,当然也不知道细节,但当时我对突然出现在眼前的钱有一种奇怪的感觉。如果我付钱做手术,眼睛就会恢复正常——这是我以前从未想过,也从未想象过的事。我从来没有怀疑过,一旦手术失败,余生眼睛都会这样。我的眼睛会变得正常吗?真是令人震惊。这是一个巨大的惊喜。我站在那里,心里有一种无法自抑的骚动,我用手捂着嘴,不自觉地咬着指甲。我不知道接下来该怎么考虑。这时,百濑的脸浮现在我的脑海中,我想起了蓝白色电灯下的人影,想起了我房间里的黑暗,想起了镜子里的脸。我模糊的左眼勉强地直视着镜子里的左眼,右眼和以前一样眼角松弛,即使我用指尖靠近它,那里也只会露出一丝微弱的皮肤色。

"好吧,等你想做了再来。"医生笑着说,"很便宜哦。"

"手术的费用是……"我有些紧张地问道,"要花多少钱?"

医生抱着双臂,闭上眼睛,表情看上去仿佛在收集散落在脑海中的碎片。他简短地哼了一声，然后对我说："大概……一万五千日元。"

"一万五千日元啊。"我说。

*　　*　　*

"已经完全变成秋天了。"小岛看着我，笑着说。

进入十一月后，风突然变冷了。我套在衬衫外面的外套散发着一股淡淡的药味，其中还夹杂着少许冬天的气息。这味道让我想起很多事。它们没有经过我的大脑，就让手掌和鼻子热了起来，直接击中了还未成为感情的情绪。

我们好久没有单独见面了，从前一天夜里我就开始紧张，在应急楼梯上等她时也没有平静下来。这种紧张的情绪让我想起了第一次在鲸鱼公园见到小岛的情景。那是一个傍晚，夜晚的蓝色仿佛从头顶的天空慢慢降临。这似乎是很久以前的事了，但其实只过了一两个季节。

"不过，哪怕不说话，我也没关系。"小岛高兴地说着。她背对着黄昏时分的天空和城市街景，靠在栏杆上，一会儿抱着双臂，一会儿松开。

我虽然在学校里也这么想，但很久以来第一次近距离看到小岛，她明显瘦了。她在我的印象中本来就不胖，但和现在相比还算丰满。露出来的一部分手臂和腿上，还有下巴周围的脂肪全都消失了，给人一种完全不同的印象。这使得她的校服看起来很宽松。从她的脸色和表情来看，她似乎很疲倦。然而，在她垂下的眉毛下方，两只眼睛与之前的印象相反，闪亮湿润，比以前更清澈了。她那总是卷曲着的头发变长了许多，似乎放任其生长，发梢像硬扫帚一样到处飞散，还能看到其中缠绕的线头。尽管我一直很在意小岛，但从远处看和从近处看到的事物究竟是全然不同的。我坐在楼梯上，微微抬头看着小岛。

"我常常阅读你给我的信，光是这样我就能打起精神。你读我的信了吗？"

我回答说读了。小岛的脸上浮现出了满意的表情，点了点头表示同意。关于我没回信的事，我说不出口，小岛也没问。

"可是哪怕没见面，没聊天，我仍然明白你的心情，基本上。"小岛羞涩地笑了。我不知道该如何回应她，过了一会儿，问她是不是瘦了。

"嗯。"小岛用明快的声音回答，她说最近没怎么吃饭。

"吃不下？"我问。

"不是，是作为一种标志。"

"作为一种标志？"

"是的。"小岛微微一笑。

"可是不吃饭的话……"我说。

"我吃了。"小岛说,"只是在努力不吃。"小岛眯着眼睛看着我说,"在'不干净'之上,又加上了'不吃饭'。"

"这是为了标志?"我又问。

"是的,为了标志。"

"标志是指你爸爸的标志?"

"是的。"小岛说着笑了,"不过标志的意义发生了一点儿变化。"

"什么变化?"我问。

"一开始纯粹是为了不忘记爸爸。我的脏鞋是爸爸的脏鞋,我没洗的皮肤和散发的气味是身在远方的爸爸的皮肤和气味。可是还不止这些。现在的标志不再只是为了不要忘记他——也就是说,我知道了我和爸爸之间不是只有回忆。"小岛说。

"这个……这是非常美丽的弱小。我和你仍然在各自的地方坚守着,同时我们互相看着对方,这是美丽的弱小。"

小岛说得很慢,仿佛用指尖把每个字都压在我的掌心。她看起来就像一张贴在黑暗背景上的照片。

"而且……这些弱点的存在也是为了那些别无选择地欺负我们的同学。他们没有意识到这一点,但事实就是如此。不过你和我都明白和理解这意味着什么。而且,以这种弱小的姿态生存着,是这个世界上最坚强的事。这……不仅为了同学们、我们自己、我的爸爸……而且是为了这世界上所有的弱小和真正意义上的强大所举行的仪式，是为了纪念那些受压迫、受折磨却仍在努力地战胜并且知道其重要性的人。所以我不吃饭，'不吃饭'就是标志，是达成目的的一种手段。"小岛站在我的面前，仔细地看着我说，"关于此事，我们不是最心意相通的吗？你也瘦了一些，你也没吃饭吧？我真的以为你能理解我在想什么。"

"我……"我没说完就陷入了沉默。小岛看着我，无忧无虑地笑了。风直直地吹来，片刻之后，我闻到了小岛的气味。之前我在她的身边从没闻到过这种气味，是一种很久没有洗澡的气味。我低下头，看着自己的脚尖。

"爸爸也接受了这种弱小的坚强，和我们一样，虽然在别处受苦的人们对我来说也很重要，但对我最重要的人是你。"小岛微笑地对我说，"那么你现在没事了吗，鼻子？"

"嗯。"

"看起来已经恢复正常了。"小岛说，"一开始……看起来很可怕。"

"嗯。"我说。

"鼻子断裂后骨头就会弹出来？"小岛问我。

"听说是横转过来。"

"鼻子倒了？"

"嗯。"

"不过你的鼻梁高，有足够的空间倒下。如果鼻梁像我的一样塌，会怎么样？"小岛笑了说，"只会溃烂吧。"

"就算鼻子塌，也肯定会倒下的。"

我对眼前的小岛感到不解，但还是告诉她，我就是以那副模样去的医院。

我慢慢地向她讲述——我已经很久没有去医院，负责治疗我的医生非常好，他的鼻子在十几岁的时候被打断，还被用了粗糙的治疗方法。但我没有告诉她——我在医院遇到了百濑，之后还和他聊过。我没有信心谈好这个问题，也不认为和小岛说这件事是一个好主意。

当我在家、在学校重复回味百濑的话时，有时候我真心觉得他说的一切都只是谬论，有时候我深思熟虑后从心底里认为他是对的。我在两种不同的结论之间摇摆不定，越发不知道应该考虑什么以及如何思考才是正确的。有时候我担心自己思维方式的基础或许在某些方面存在根本性的缺陷，在此基础上即使思考也只会得出错误的答案，因为从一开始就是错误的。

然而，那天晚上百濑的话里仍有一些即使想要掩盖也没能掩盖的，类似于关心的东西。我的身上有一个地方，在那里连一直支撑着我的正义的碎片都无法触及。在那个黑暗而坚硬的寂静之地，百濑和那晚一样坐在长椅上，无言地笑着看我。

我想到了小岛。

小岛反复地告诉我一切都有意义,她每次见面都会鼓励我,说要一起努力,一起渡过难关。她给我写信。以前从来没有人这样对我说话。无论我们是否见面,她总是尽可能地试图把我带到光明的地方。即使在我不能很好地说话的时候,她也出于关心,一次又一次地写信给我,而且她还说喜欢我的眼睛。在我迄今为止的人生中,从来没有人这样对我说过。她是唯一这样说我眼睛的人。

可是,在体育馆事件发生之后,我再也无法直视小岛了。她越是鼓励我,越是获得了即使被欺负也仍然用她的态度来解释的某种力量,我就越不能直视她。我也不知道为什么会这样。还是夏天的时候,她不靠谱的说话方式和困惑的笑容是多么让我安心啊!一想到这里,我的胸口就疼。然而,小岛正在逐渐改变,我越是远远地感受到这些变化,身体就越是僵硬。小岛的变化就像一片低垂的乌云,笼罩在她曾给予我的微小但坚实的光明之地,然后我突然被挤了出去。

后来,我久违地给小岛写了一封短信,说有话想对她说。

"嘿,你在听吗?"小岛看着我的脸。

"在听。"

小岛严肃地讲了一个关于我所去的医院的故事。尽管周围没有别人，她还是突然压低了声音，她的声音有时甚至被呼啸的风声掩盖了。小岛把脸凑近我，我闻到了许多气味——唾液和汗水的、酸酸的气味。她问我为什么这么大的医院没有妇产科，我回答不知道，她假装愠怒地笑着说，没有什么是不用想就能知道的。然后她讲了大约十年前发生在那家医院的事，我看着她，点了点头。

虽然小岛变得消瘦后形象大为不同，但看到她开心地说着话的生龙活虎的样子，我感到一种难以言喻的孤独和怀念之情。

"小岛。"在小岛说话的间隙，我喊了她一声，"我给你写信是想和你谈谈。"我说。

"嗯，我知道，"小岛回答，"不过光是能这样见到你，脑子里就充满了喜巴胺！"

我听了她的话，不由得想大哭。小岛诧异地看着我，干瘪的脸上露出微笑。我咬紧牙关，待情绪镇定下来后平静地说："我想让你听我说……"

"我听着。"小岛说。

"关于我的眼睛。"

小岛脸上微笑的表情从她的眼睛和嘴角渐渐剥落、消失，她看着我，好像在看不寻常的事物。然后她"嗯"了一声，轻轻地点了点头，这是一种无意识的状态。

我把眼睛的事告诉了小岛——如果做了手术,我的眼睛可能不再是斜视。小岛默默地听着,在我说完后依然沉默了片刻。空气开始变冷,似乎下起了小雨。我看不到,但能感觉到微弱的雨水飞在风中,打在我的脸上。我缩着肩膀,把手插进口袋。一旁站着的小岛也把双手放进了外套口袋。

"你会淋雨的,最好到这里来。"我说。小岛没有回应。

"所以……"她低声说着,陷入了沉默。我也保持沉默,等待她说下去。

"你……打算做手术?"小岛沉默片刻后自言自语似的说道。

"还不知道。"

"你为什么要告诉我你还不知道的事情?"小岛说,"在征求我的意见?"

"不是。"我说,"不是征求意见,我只是想告诉你,我知道了这件事。"

"为什么?"小岛低沉地说,"那么告诉我这些有什么意义?"

"那个……"我住了口,舔了几下嘴唇,试图让自己平静下来,然后面向小岛慢慢地说,"因为你说过喜欢我的眼睛。"

我们都陷入了沉默。

"所以你想做眼睛矫正手术?"小岛低着头,没看我,"你……"

我一言不发地等待她说下去。

"你什么都不懂。"

"我或许什么都不懂……"

"不是或许，你就是不懂。"小岛说着，看向我，"你的眼睛是你最重要的一部分，是造就了你的极其重要的一部分。我什么都没有，所以才制作标志，而你拥有天生的标志，正因如此我们才会像这样见面。可你怎么能说出要让它消失的话来？对你来说，我们的相遇不重要吗？"

"不是的。过去很重要，现在我也觉得很重要。"我说，"我没说决定做手术，只是就像刚才说的，我知道了有治愈的可能性，所以想告诉你，仅此而已。"

"你在撒谎。"小岛说，"你高兴吧？你知道后高兴坏了吧？你根本就是想逃避你的眼睛，不是吗？"

"逃避？"我问，"什么？"

"全部。"小岛说，"学校里发生的事，现在的事，你自己，一切的一切。"小岛用手掌擦拭着眼睛周围。

"小岛，你别哭。"

"你是不是也想逃避我？"小岛平静地说。

"绝对没有。"我摇了摇头说，"不是那样的，我已经说了好多次。"

"算了。"小岛说着，直视着我的脸。泪水顺着她的脸颊滴落，我看到它们闪烁着光芒。

"但我不会放弃。"小岛说着,泪水盈满了她的眼眶,伴随着呼吸摇曳着,闪着白光,"我不会放弃。"

"小岛。"

"我不能放弃。"小岛说罢,眼泪扑簌簌地从眼眶里掉下来,"如果你想,那就治好眼睛,顺从那些人。如果能把他们视作眼中钉的眼睛治好,你就不会再遭受那么残酷的欺凌了。如果你选择这样做,我不能说什么,也不能做什么。"

"我治好眼睛意味着顺从二宫他们?"我问。

"是的。"小岛回答,"这不仅仅是你我之间的问题。"

我默默地看着她的脸庞。

"即使我们现在在这里发生什么事,甚至死了,即使我们不再遭受残酷的欺凌,但同样的事也还是随时会在世界的其他地方发生。弱小的人总会遭受厄运,即便如此我们也无能为力,而且这种人永远不会消失。那么,模仿强者,以某种方式站在他们那一边,以这种方式变成不软弱的人就够了吗?是这样吗?不是吧?这是一场试炼。重要的是去战胜它,我们不是总在谈论这个吗?"

"小岛,冷静点。"

我说罢,小岛陷入了沉默。她抽鼻子的声音回荡在空气中,流下的眼泪不计其数。我们就这样陷入了漫长的沉默。远方传来了救护车的警报声,还隐约听到了孩子的哭声。小岛和我站在那里，沉默了长达几分钟的时间。

"你……"过了一会儿，小岛低声说，"我把你当朋友。"

"我们是朋友。"我说。

"可是不一样。"

"没有不一样。"

小岛听了，缓缓地摇了摇头。

"小岛。"

"我相信……你一定能……治好眼睛……"小岛哭着，呜咽地说。

"小岛。"

"不要……再叫……我的名字……"

小岛断断续续地说罢，紧紧地闭上了眼睛，肩膀无声地颤抖着，在哭泣。我从没见过人哭得如此痛苦。她咬紧牙关，双手紧紧抱住大腿，全身僵硬地继续哭着。她的声音不时地漏出来，鼻涕和眼泪的混合物顺着脸庞直直地掉下。我对此无能为力，只能看着她。既不能说话，也不能动弹。

在之后的很长一段时间里，小岛都没有停下来。我不知道该怎么做，只是看着小岛无声地哭泣。

过了一会儿，她的肩膀停止了颤抖，我以为她不哭了，可随后她又突然呜咽起来。我开始难以忍受，多次想去她的身边，却做不到。我从她僵硬干瘪的身体上清楚地看出了她的拒绝，我只好怔怔地看着她。又过了一会儿，小岛开口了。她的声音小得似乎马上就会消失。

"夏天……"

"夏天？"我努力不错过她的声音，重复道。

"夏天，我说了妈妈的事吧。"

"是的。"我回答。

"我问她为什么要和爸爸……结婚的事。"

"嗯。"

"妈妈说，是因为可怜爸爸才结婚……"

"嗯。"

"她说爸爸的一切都很可怜。"

"嗯。"

"妈妈说爸爸从头到脚都很可怜。"

"嗯。"我一遍遍地重复道。

"我永远无法原谅我妈妈。"小岛抬起头来看我，脏脏的脸上留下了干燥的泪痕，眼白因充血而通红，卧蚕肿得厉害，只有那里泛着白。她盯着我，她结成一缕缕的头发粘在脸颊上，我没有试图为她拂去。"不是因为她抛弃了爸爸，跟了新人，也不是因为她假装一切都没发生。"

我静静地点了点头。

"直到最后……"

我再次点头。

"而是直到最后,她没有继续可怜爸爸。"

小岛说完这句话就沿着楼梯走了下去,毫不犹豫地,转眼间就消失不见了。我甚至无法开口,更别说阻止她了。我听见她下楼的脚步声,不一会儿就被哗哗的雨声取代。我只能站在原地。原本像雾一样的微雨不知不觉中已经下得大了起来。我听见雨水渐渐地打湿各种东西的声音,颤抖着仿佛不知名生物的叫声,似乎来自黑暗广袤的天空和城市的深底。

8

周末,妈妈割伤了手腕。

她说在洗碗时手不稳,一把菜刀掉了下来。我当时正在房间里看书,听到声音便来到了厨房。我看到她右手紧紧地握住高高举起的左肘,笑着看向我。

"血有点儿止不住,叫救护车吧。"她说。

血从她高举的手腕流出,顺着胳膊流到腋下,染红了她卷起的衬衫袖子,直至胸前。我急忙跑去打电话。

母亲开玩笑似的说:"还在流啊。"我有些生气,问她还有什么可以做的。我帮她用毛巾绑住手腕,在旁边走来走去,她笑着叫我冷静下来。在等待救护车的时候,我感觉膝盖在微微颤抖。

"他们会很快来吧?我说割到手了……我也不知道,啊!

我描述得很笼统，这种时候是可以叫救护车的吧。谁让医院休息……你为什么笑？"

"我一害怕就会笑。"

"你害怕？"

"当然害怕了。流了这么多血，一般人都会害怕吧。虽然不疼，但是如果血止不住，你觉得会怎么样？"

"感觉会死……"片刻后我回答。

"你说得对。"妈妈点了点头。

救护车的声音传来，不一会儿门铃声响起，两个男人走了进来。他们检查了伤口，做了急救措施后将妈妈带走了。我想跟着，但妈妈让我在家里等，于是我决定按她说的做。妈妈说我不必下楼，她很快就能缝合完，然后就会回来。说罢，玄关门就关上了。我犹豫了一下，还是打开了门，问她用不用给爸爸打电话。她转过身来，说完全没有必要，并且挥了挥右手。

我在沙发里坐了一会儿，感觉被吓到了，但我很快就站了起来走到水槽边，拿了抹布和水，清理溅在厨房地板上的血迹。血量没有我想象中那么多，我很快就清理干净了，似乎大部分的血都浸到了她的衣服上。我仍然处于紧张状态，没有读书的心情，于是一动不动地窝在沙发里。

妈妈回家时已经是下午四点多了。她给我看了缠在手腕上的白色绷带，说："割得挺深。"

"缝针了?"我问。

"当然,缝了五针。"她说着,用手指揉搓绷带。

晚饭由我来准备,我虽然给自己做过饭,但是还没给别人做过。妈妈说可以点外卖,最后我们还是决定在家里吃。虽说是晚饭,我还是煮了米饭,配上味噌汤,在妈妈的指导下把冰箱里有的食材切好、炒好,还用微波炉加热了几个剩菜,做好后摆在餐桌上,总算像一顿晚饭了。

"我们吃晚饭吧,虽然时间还早。"妈妈说罢,打开了电视,和平时一样边吃边看。我也默默地边看边吃。

"还好是左手。"

"是啊。"我说。

"不过情绪突然亢奋,感觉很累。"妈妈说着,深深叹了一口气,"我讨厌这样,特别讨厌。我讨厌突然发生的事。"

"嗯。"我说。

"一发生这种事,人的情绪就会亢奋。无论怎么控制都不行。我讨厌精神擅自地亢奋起来。"

"你想做个不为环境所影响的人?"

"可能吧。"妈妈说,"我虽然不太清楚,但是感觉很暴力。心里的情绪突然翻涌上来的时候几乎都是暴力的。其他事我倒是不太在乎。"

我默默地继续吃着米饭和炒包菜,不知道是不是肚子饿了,感觉还能再吃。吃完饭后,通常我们会各自把盘子端到水槽,但今天我把全部的盘子和碗摞起来端了过去。妈妈习惯在晚饭后沏热茶,我虽然不想喝,但还是烧了水,沏好茶,递给她,她说"谢谢"。

"如果……"过了一会儿,妈妈边喝茶边说,"如果我和你爸爸离婚,你怎么想?"

"你们要离婚?"

"还没决定。"她说。

我沉默了一会儿。爸爸心安理得地不回家,而我对此已经没有任何感觉。我记得他起初不回家的时候,偶尔见面还会解释说他很忙,但那是很久以前的事,我甚至记不清了。我还记得,当我在某些时候使用"以前"这个词时,爸爸会一脸厌恶地说:"你才活了几年,别说'以前'这种词。"

"虽然还没决定……"片刻后,妈妈说,"一般父母离婚不会征求孩子的意见,但是我觉得很有可能会离,说实话。"

"嗯。"我说。

我们默默地看着电视机。我一边目不转睛地看着屏幕里嘈杂的画面,一边想,如果爸妈离婚,我可能会跟着爸爸。我无法想象与爸爸生活在一起,但按常识来思考,情况大致如此。尽管我不知道他在想什么,而且我们几乎不见面,但这大概就是血缘关系的意义所在。妈妈手托下巴,一言不发地看着电视。屏幕上有人被倒吊在起重机上,头浸在墨水里像笔一样。

"也许现在不是说这话的时候。抱歉,我的状态不好。"她说着,笑了,"讨厌,真讨厌。真抱歉!"

"没事。"我说。

然后我把眼睛的事告诉了她,尽管我没打算做手术。我只是告诉她做手术有痊愈的可能。她听了后沉默片刻,问我想怎么做,我说还不知道。

她双手捧着茶杯,在手里转来转去。我起身走到水槽边,给自己泡了茶后坐回椅子上。

"你不必马上做决定。"她说,"只要你想就可以做。你现在知道了吧。这件事很重要,你慢慢考虑吧。"

我说"好",然后盯着茶水冒出的热气,等待它凉到可以喝。

小岛再也没有联系我。

没有信,我们在学校里不说话,也不看对方。即使我看她,她似乎也从不看我。我经常想起许多关于她的事。上学后,我会静静地坐在课桌前,直到其他人来。一想到小岛总是把她的信贴在这里,我就心痛。我还想起接过一次她的电话,那时还是夏天,而现在已经是秋天了。

学校正在准备举办文化节和体育节,每天都很嘈杂。我感觉每天都能从毫不相干的地方听到我不想参与的事情。在那些日子里，我像往常一样被逼着奔跑，被殴打，被嘲笑，似乎没有人对此厌倦，一切都像是理所当然似的在重复。

百濑也不例外。我以为在那之后会有新的报复，但是没有。好像没有人知道他曾和我交谈，就连百濑本人似乎也忘记了。他那过于自然的举止不禁令我怀疑，或许那件事根本就不存在。

我犹豫了几次，最后给小岛写了一封信。

我在信上说，我想见她，想和她聊聊。由于我没有说明白眼睛的事，导致她误会了我。我知道我的眼睛对小岛来说意义重大，所以想在其他人之前先和她谈谈。我很后悔没有解释清楚，我无意伤害她。

然而，小岛没有回信。

我又试着写了一封。在没有收到回信的情况下不停地写信是件可怕的事。"明天下午五点，我在应急楼梯上等你。如果可以，请你一定要来。我等你。"我一大早就把信贴在小岛的课桌里，一整天我都很在意她的反应。第二天，我从五点起等了两个小时，但她没有出现。

我在教室里见到的小岛越来越瘦了，这明显的变化大家也都看在眼里。我想她大概什么都没吃。同学们也因此取笑小岛，对她用了难听的比喻，说着笑着，似乎从心底觉得好笑。

我又写信给她。"哪怕不谈论我的眼睛，而是像之前那样聊其他话题，我想和你聊天。"而且她还没给我看名为"天堂"的画，我回想起了那天的事。

之后我又写了很多信给她，像春天我们互通信件时那样。我的想法、我想到的事、我读过的书，我选择了一些能让她稍微开心起来的事写给她，却仍然没有收到回信。

一天的午休时间，小岛被踹倒，滚到了我附近。伴随着木头和金属碰撞的声音，小岛和几张桌椅一起倒在地上。

在旁观的女生们高亢的笑声中，小岛一动不动地蹲在那里。我身体僵直，没有向她伸出手。"起来！"一个女生说着，试图用扫帚把儿戳着她的外套领子，让她站起来。我闻到了小岛身上的臭味。小岛低着头，无力地想要站起来，脸被毛糙的硬发遮住了。我坐在那里看着她。小岛站起来后，我透过头发的间隙看到了她的脸。我已经很久没有看到她的脸了。我满怀祈祷地吞了口唾液，看着她。她的脸颊凹陷，嘴角周围黝黑，唇纹发白脱皮。她也看着我，直到被女生们拖走。我从未在她的眼里见过这样的眼神。"小岛。"我喊出了她的名字，可她没有回应。她的眼睛似乎没有焦点，可她确实在对着什么微笑。

* * *

星期三，我收到了小岛的信。

自从看到小岛的微笑后，我就没法正常写信了。但收到她的来信，坦率地说，我很高兴。我一遍遍地阅读这篇短文。

信上，她用清晰明了的笔迹写着，星期六三点她在鲸鱼公园等我。就是我们第一次见面的鲸鱼公园。

如今我依然能清楚地回忆起那个春天傍晚的气息。我能马上想起坐的轮胎的硬度，鲸鱼上裂开的混凝土的触感，以及潮湿的黑色土壤的气味。当我看到小岛遒劲的笔迹时，不禁想到了第一次收到的信上纤细的文字。我感到有些怀念，还有些孤独。这种时候，我就把小岛的信放在桌子上，像过去经常做的那样反复阅读。信里写了各种各样的事，我反复地阅读它们，然后再仔细地折好每一张，轻轻地放回字典函套里。

星期六上午，爸爸罕见地回家了。那天是休息日，我一走进厨房就看到他坐在沙发上看电视。当他注意到我时只说了一声"哦"，随即又转向电视，按下遥控器的按钮调台。每按一下，电视机就会因为节目的变化而发出不同音量和风格的响声。

之后我们仨一起吃了早餐。谁都没说话，只是吃了妈妈准备的食物。妈妈的绷带雪白，让我觉得她的手臂和绷带是假的。可是绷带下面有一个真正的伤口，我看到了很多血从里面流出来。只有电视机一直在发出声音，仿佛在代替我们履行家庭责任。每当这种时候，我的想法总是如此。

爸爸在看报纸，我看不见他的脸。当我听到他折纸和翻页发出的声响时，渐渐感到不适，一股淡淡的恶心开始上涌。我有种强烈的冲动，想抓住他面前的报纸撕碎。我咀嚼着嘴里的食物来掩盖恶心，在脑海中反复想象着把那份报纸撕碎。如果我这么做，爸爸会怎么样？我认为他会毫不犹豫地揍我一顿。然而，这不重要。我只顾想象着撕碎报纸，直到没有地方可撕。我结束了想象，把盘子里剩下的食物都放进嘴里，然后从座位上站起来。爸爸从报纸旁探出头来检查我的碗筷。"我吃饱了。"我说罢就回到了房间。

做数学作业期间，如果感到厌倦，我就继续读一本没读完的书，读厌了就又去做作业。爸爸在家和今天要见久违的小岛——这两件事让我的内心极不安宁，不管干什么都无法平静。

我在不安中度过了一个上午。下午，我听到爸爸离开家，过了一会儿我走出房间去上厕所，看见妈妈正要出去。虽然几分钟前才刚吃过饭，她却焦急地问我七点以后吃饭行不行，因为她今天要七点左右才能回来。我说"好"，然后回到了房间。听到妈妈出门并上锁的声音后，我迫不及待地开始自慰。我甚至没能忍到上床，就站在门口动了起来。我以前从来没有这样做过。我比平时更用力地挤压和移动它，眼前开始出现一片柔软、些许表情和模糊的图像，到达一定程度后，我迅速射了精。我去洗了手,然后回到房间,躺在床上继续看书。很快下面又开始变硬,我躺了一会儿,痛苦得无法再躺下去。勃起伴随着脉动和疼痛,烦躁、焦虑或期待——我身上的所有能量仿佛都倾注到了阴茎。我一边抓着又大又硬、已到极限的阴茎,一边在心里想着小岛。

　　这对我来说是不可能的。我自慰时从来不想小岛。理由很简单,不是想做而不能,而是不想这么做,也做不到。对我来说,二者属于完全不同的世界。

　　但当时的我处于一种无法解释、无法抑制的电流中。我不知道为什么只发生在这次,但浮现在脑海里的小岛挥之不去。小岛出现在我的想象中,对我微笑,她的登场虽然强烈,却非常自然——在美术馆的长椅上,我坐在小岛身旁,把脸靠近,吸吮她的嘴唇。我想象着舔掉她脸上的所有汗水。这是我从未品尝过的感觉。接下来,我想象着脱掉她的校服,把她放到浴池里。我认真地给她洗头,用肥皂清洗她的身体,然后用手掌揉搓她那呈现出美丽肌肤颜色的乳房,打开她的双腿,进入其中——我一边想,一边不断地移动手——我舔了她身上的所有地方,又去吸吮她的嘴唇。这时,她的脸变成了我之前在教室里看到的那个女生。她没有看我。她直刘海儿下的大眼睛看着别的地方,我想象着进入她的身体,不停地移动手,很快就射精了。在精液射出的瞬间,小岛的形象回到了我的脑海。在事后的余韵中,小岛很丰满,用一张温柔又不安的脸看着我。这是我非常喜爱的小岛。当最后的精液排出后,小岛刚才还明亮柔和的脸瞬间变得冷漠,她用松弛的眼睛和干瘪的脸颊看着我。然后,她说:"我们是朋友。"她笑了,"我喜欢你的眼睛。"这是我最后看到的那个笑容。我坐起来,靠在墙上。那是一个安静的星期六下午,四周没有一丝声响。我呼出积聚在肺部的沉重气息,又倒在床上。我感到难以言喻的悲惨,最重要的是感到肮脏。我问自己到底在干什么。我仰躺着,胸部发白,我一直感觉背后开着一个黑洞。我闭上眼睛,等着这感觉消散。我听到了电话铃响,但动弹不得。我没有擦拭身体就睡着了,直到我醒来。

我奔跑着,等不了迟迟不变的红灯,看准时机横穿马路,结果差点儿撞上一辆车。那个男人踩下急刹车,把头从车窗里伸出来大声呵斥我。这时我才意识到自己在奔跑。那个吼声听起来像是来自一个与我无关的地方。

天空明亮,万里无云,可是风中却夹杂着雷声。当我到达鲸鱼公园时,小岛已经在那里了。我看见她后停下来,弯下腰喘着气。我满头大汗,胸口疼痛,但我的身体却没有清晰的奔跑和移动的感觉。当我到了鲸鱼公园附近,就看见小岛穿着校服坐在轮胎上。我心想为什么她放假还穿着校服。我一边大口喘气，一边慢慢向她走去。一切看起来都比平时更扁平，我不知道脚要向前移动多少次才能抵达。我感觉自己在原地踏步。重复若干次后，我终于站到了小岛的面前，喊她的名字。过了一会儿，小岛突然看着我，仿佛想到了什么似的闭着嘴，看着我的脸，慢慢地眨了几次眼睛。每一次眨眼都是如此漫长，几乎可以听到声音。她把目光投向地面。我在她的旁边坐下，听着自己吵闹的呼吸声。

"你看了我的信。"我说。

小岛什么也没说。

"误会，不，有个误会，前几天。"我气喘吁吁地对她说。

小岛只是盯着地面，没有看我。我人虽然在她的旁边，但身体好像还在房间里睡觉。我移动手指，它们可以正常移动，但又觉得绝对缺少了什么。我重重地闭了几次眼睛，反复眨眼，试图让头脑清醒，可是一种沉闷的感觉像棉花一样卡在脑袋的缝隙里，我说不清楚那是轻是重。我无法理解我和其他东西之间的距离，甚至不知道是否有一段距离。像在做梦，我仿佛变成了自己的眼睛。

过了很久，我默默地坐在小岛旁边，看着她的膝盖。我将手伸向她百褶裙上的褶皱，想知道能否触摸到看到的东西。我的手指碰到了小岛的裙子边缘，然后摸了摸她放在膝盖上的手。我的指尖确实可以触摸到小岛的手,她的手不冷不热,是现实中的手。即使我在触摸她的手,小岛也一动不动。我默默地把手掌放在她的手上,盯着她脏兮兮的运动鞋。

我突然感觉到了异样,抬头一看,只见百濑在那里。

他旁边站着二宫,周围还有几张熟悉的面孔,他们坏笑地看着我。刹那间,我想起了体育馆的气味。中间还混入三张熟悉的面孔,是班里的女生。我一时不知发生了什么,只是看着那里的每一张脸,一共有七张脸。我无论怎么看,都不明白这意味着什么。我为什么在这里?为什么他们会在我和小岛所在的地方?

"继续啊!"二宫的小弟笑着说,并踢了我的膝盖一脚。我的膝盖蹭上了泥土。我听见一个女生的尖叫和大笑声。我用左眼盯着被踢的膝盖,用左手指尖摸了摸泥土。那是真正的泥土,我刚刚被踢了,我的腿被人踹了一脚——我在脑海里清楚地说道。没有疼痛。接着,我听到一阵低沉的笑声和催促我继续的声音。小岛低着头。

"这地方真脏。"二宫对我说。

"你们总在这儿做?"

女生们听了二宫的话,发出了高兴的呼声。我的膝盖又被踢了一下。这一次,我感觉到了实实在在的疼痛。

"在那里面?那儿?"

"那儿太脏了。"一个女生说罢,几个人又笑了起来。百濑站在稍远的地方,和二宫一样抱着双臂。

"你们俩的事,我们都知道。"其中一个人说。

"你们以为没暴露?"

我不知道他们在说什么。

"喂。"二宫蹲下腰对我说。

我面前的二宫的脸虽然感觉和以前不同,但是我很熟悉。我想起在我们小的时候,他曾用这张脸上的同样一张嘴,带着善意喊过我的名字。

"我从没见过这种事,让我看看嘛。"

"看什么?"我问,声音低得几乎连自己都听不到,可是却传到了二宫的耳朵里。

"做爱。"

周围传来了清晰的笑声。

我的身体里产生了一个似乎令呼吸停止的空白。二宫的话在我的脑海中回放,他说了"做爱"。心跳开始有规律地加速,我感觉到了肩上的沉重。我想起来这里之前的射精。吞咽唾液的声音在我的耳边清晰可闻,我口干舌燥,气息滑过舌面时突然热了起来。他们现在为什么要说这些?他们怎么知道我们在这里?他们到底想干什么?为什么我的射精和他们有关?我不知道该看哪里,该想什么。百濑站在稍远的地方,没有看我。

"哎呀，你们真厉害！"二宫笑着站起来，"你们在学校也做吗？真厉害，太厉害了！"他说着，佩服似的摇了摇头。

"给我看看。"

"我们没有，"我低声回答，"没做那种事。"

我说罢，百濑以外的所有人都笑得前仰后合。哪里好笑？我只是在回答问题而已。我们没有做那种事。我能感觉到汗水从后背上滴下来，心跳声在耳朵里越放越大，世界似乎也随着声音晃个不停。我的右手放在小岛的手上，待我回过神来时发现，我们的手紧握着。但是小岛对此并没有做出任何回应。

"你们为什么在这儿？"我声音嘶哑地问二宫。

"我和小岛约好了。"

"你们让她写的？"

"谁知道呢？"二宫说着，笑了起来。

"喂，我们之后还有事，快做给我们看。"二宫说罢，他的小弟用更大的力气踢了我的大腿。

"那种事，"我捂着膝盖说，"我们没有做。"

"狗不是也在那儿做吗？"二宫面不改色地说，"它们可完全不在意。喂，你们努努力也能做到。加油！"他笑着说，"我们待会儿还有其他事，不能只顾这个。所以你们快做给我看，别耽误我之后的安排，继续做就好了嘛。"

二宫看着我，显而易见地高兴不已。笑纹中充满了生动的喜悦。这是一张人脸啊,我想。他的唇角左右伸展,似乎在祝福我;他的眼睛水汪汪的,似乎闪着光芒。

"你……"我说,"疯了吧?"

我说罢,二宫看了看其他人,随即大笑起来。

"别废话,快做!"

在二宫的命令下,他们抓住我的肩膀让我起来。这时,我的手离开了小岛。我急忙去抓她的手,重新握住。他们看到后又笑了起来。

"所以快做啊!"

我摇了摇头,坐在轮胎上。我再一次用尽全力抓住小岛的手,把更多力量放在那只手上,试图利用站在我前面的人和人之间的一丝缝隙逃跑。然而,我很快就被他们抓住了背后的衬衫,摔倒在地。在我摔倒时,小岛没有放开我的手,所以她也跟着摔倒了。我问她还好吗,小岛睁大了眼睛,过了一会儿抬起身,慢慢地点了点头。她没有看我。他们将我和小岛围住,低头看着我们。我们在他们的目光下蜷缩在地面上,动弹不得。

"可你不觉得小岛脏吗?从刚才就一直臭烘烘的,只有我闻得到?"

"经常这样。"女生说着,用鞋底摩擦小岛的后背,"啊!我刚才可能踩了一坨粪便。"

"没关系，她本来就很脏。"

"她是公害，是垃圾，是厨余垃圾。"

小岛的后背依然被踩着。她被压得抬不起头，两手抵在地面上。我看了看那个女生的脸，只见她笑着说："斜眼也不知道在看哪儿。"

"你们真脏！斜眼和垃圾！"

我和小岛一动不动。天空依然明亮，但雷声的间隔却越来越短。

我在想，这是真的吗？这，是真的吗？刚才我还在房间里，跑出家门，来见小岛。和以前一样，约好了和小岛见面。我和小岛的世界里为什么会发生这些事？我和小岛明明都没有对别人做什么，真的是什么都没有做，我们努力克服这一切，为什么这种事会发生在我们身上？我只想看看小岛，我只是来这里见她，但我们为什么要被踢、被踩，为什么非得蹲在这里不可？

但是——我想，这不是约好了，小岛并不是想见我，一定是发生了什么。二宫等人发现了我们的通信，小岛被逼着给我回了信。可能是我把小岛卷入了目前的情况。不，正是因为我坚持不懈地给她写信，才发生了这种情况。

无论我怎么想，脑子里的话语都毫无力量。小岛一动不动。我感觉到一些雨水滴在了我的鼻尖。我抬起头看着天空，没有积雨云。天色似乎比刚才稍微暗淡了些,那朦胧的亮光为空气增添了色彩。那种颜色令人怀念,仿佛曾在什么地方见过,但又完全想不起来。先前寒冷的空气中飘来了丝带一样的温暖气息,周围充满了生机。雷声阵阵,在远近交替出现。

"我什么都做,让小岛回家。"我对二宫说,"求你了!她没打算来见我,是我不停地给她写信。这些都是我单方面的行为。和小岛没关系。小岛从来没有和我正经说过话,都是我单方面地……"我说着,胸口感到窒息,再也说不出话来了。我吞咽唾液,调整呼吸,等待情绪平静下来。"这些都是我一个人做的,所以……"

"别撒谎。你说的和我们掌握的情况不一样。"二宫的小弟笑着说。

"没撒谎,是真的。"

"算了,算了。"二宫抱着双臂,用舒缓的语气说,"你说的我不在乎。你,快点脱裤子!我说了没时间,你听不懂吗?"

"让小岛回家。"我说。

"那你和谁做?"二宫笑了。

"请让小岛回家,求你了!"我无意识地跪下磕头,请求二宫。

"喂!"二宫发出了奇怪的声音,他用鞋尖轻轻地踢着我的脑袋,"我受不了这种热的感觉。你自己脱?还是我们给你脱?"

我抬起头,看着百濑。透过眼镜上沾着的黑土的缝隙,我看到了百濑的身影。我跪下来,喊出百濑的名字。

"百濑!你说这种事,这种事没有意义,你明白的吧?你说这种事,做不做都一样,你明白的吧?是吧?你明白的吧?那就……百濑!百濑!"

我喊出声的下一刻,二宫就在我脸上打了一巴掌。眼镜挂在一只耳朵上,脸颊火辣辣的,片刻之后,我尝到了嘴里蔓延着的淡淡血腥味。

"吵死了!没让你说就别说!脱裤子!"

我挣扎着双腿试图反抗,可二宫的两个小弟开始从后面反剪我的手臂,他们试图解开我的皮带。我听到女生们的笑声。我拼命地回头看蹲在地上的小岛,大声地对她说,让她快跑、回家。小岛一动不动。我一边挣扎,一边拼命地对小岛喊道:"快跑!听话!"可小岛仍然一动不动。

我的牛仔裤被褪下,从腿上滑落。二宫命令我脱掉上衣,于是我脱掉衬衫,只剩下一条三角内裤。我听见二宫笑着说:"腿别动,太好笑了。"看到我这副模样的女生则笑得前俯后仰。正在说其他事的女生也看着我,声音雀跃地说,看我这样觉得恶心。我想拿回衣服,但其中的一个人把衣服团起来放到了鲸鱼雕塑上。我过不去。

在此起彼伏的笑声和交头接耳声中,我站在那里,没有感到温度或其他什么，只是觉得空气更暗淡了。

"来，把小岛的衣服脱掉。"二宫说。

我简直不敢相信自己的耳朵。

"你在说什么？"我用颤抖的声音说。

"我让你把小岛的衣服脱掉。"二宫若无其事地说。他张大嘴，靠近我，清清楚楚地说道，仿佛确认我是否听到似的重复着："我让你把小岛的衣服脱掉。"

我感觉到一股明显的热量从胸部涌上喉咙。

雷声隆隆，雨点开始从明亮的天空零星地落下。我听见一个女生厌烦地说"下雨了"，有人说"这就是那个老鼠什么的吧"，有人回答说"听说是狐狸"……开始下雨，阳光却比刚刚更强了。天上没有积雨云，这场雨是从哪儿来的？雨水穿过空气和阳光，呈现出一片金黄色，像丝线一样落下，发出细微的声响，打湿了我的皮肤，如同打湿鲸鱼的背部或轮胎的表面那样。

"如果你做不到，那就让别人来。"二宫说。

"下雨了，快！"

我沉默着一动不动。

"你以为这样拖时间，我就会放弃吗？你以为能糊弄，能躲掉？"二宫说，"这是不可能的。在这种事上，我是个完美主义者。我不会半途而废，也绝不会推迟到下一次，必须今天完成。你要在今天之内完成我的命令!除此以外没有选择,我可说在前面。"

"我不要。"我说。

"如果你不做,那就我们的人上。"二宫笑着说,"而且你这个样子,说什么都没有说服力。"

我没有说话。

女生们因为下雨抱怨了几句,似乎和二宫的小弟起了争执。我听见有人说:"这种事真是够了!"我默默地站在那儿。渐渐地,周围越来越嘈杂,二宫对他们说可以先走。女生们抱怨了几句,很快就聊起了别的事,最终也没有离开。

"你不做吗?那我就……"二宫不耐烦地说着,让他的小弟去拉起小岛。我不假思索地伸手从轮胎下摸到一块两只手才能抓住的大石头,用指尖检查它的边缘,然后捡了起来。那块石头很重,我盯着它。

"你干什么呢?"二宫看了,对我说道。我没有回答,只是看着手里那块有着重影的石头。

这块石头有一半又黑又湿,让我想起了血。黑色的部分有一个凸起的尖,我抓着干燥的部分,盯着它。

我想起了百濑在医院长椅的黑影中对我说的话。

为什么你做不到?

为什么我做不到？如果我尝试去做，可能会发生改变，是有可能的。你没有罪恶感吗？我问百濑。

没有，一点儿也没有。

百濑理所当然地回答。

我所能做的只是碰巧去做了，不多不少。任何事都没有意义。

没有意义？
百濑只用眼睛笑了笑。

不存在对，也不存在错，有的只是碰巧。你能在多大程度上把别人拖入这种"碰巧"和解释里，你能在多大程度上压倒性地把别人带入你的框架，这就是全部。我不想把他们拖进来，也不想被拖进去。

我对百濑喊，那当然不行！
百濑笑了。

我说的是这个世界的规则，不是理想，是一个已经建立起来、运行顺畅的简单系统。所以如果你愿意，你可以用手中的石头砸二宫的头，趁现在他失去警惕，下定决心打他的头，他就会倒下。然后趁机暴打他的头，让他站不起来。这既能让你泄愤，又能保护小岛。如果发生这种情况，周围的人就会瞬间跑开，当然我也会跑掉。在这种情况下，你是不会为你的行为受到责难的，他们反而还会同情你。你为什么不试试呢？你为什么做不到？你为什么做不到？

雨势越来越大，雷声滚滚。浅赭色的天空时而泛起混沌的光，落下的雨水闪闪发亮，地面上有些地方开始积成薄薄的水洼。我把石头拿在手里，反复想象举着石头扑向二宫，可我的身体没有动。我的想象力还不够吗？我在脑海中重复着砸下石头的画面，但这没有奏效。我举着石头深吸一口气。就像百濑说的那样，能做到的话就去做，没有好坏之分，只要能做到。如果说我现在应该做什么，那就是战斗，不是吗？我必须举着这块石头对准二宫。我应该这样做。我的手里拿着石头。这样下去什么都无法改变，我比谁都明白这一点，不是吗？我把石头交替地置于两手中，使出全部的力量。

就在这时，小岛缓缓地站了起来，抓住了我的手腕。我看着她的脸。

小岛默默地看着我，雨水从她的发丝上滑落，眉毛上闪着雨滴的光芒。小岛轻轻地放开我，我默默地看着她的脸。这时我才意识到自己承受着多少人的目光！有试图躲避的目光，有厌恶的目光，有嘲笑的目光。从我记事起就一直承受着这些陌生人投来的目光，而我只能接受。可其中也不乏温柔的目光，虽然极少：对我说喜欢我的眼睛，凝视着我的目光；还有紧握着手，直视我的目光。我现在才想通这件事。可现在站在我面前的小岛，眼睛里已经没有了任何感情。我看着她没有聚焦的眼睛，明白了这一点。

接着，小岛慢慢地向前走，站在二宫的面前。

二宫后退了一步，什么也没说。他的小弟们吵闹了一秒后，瞬间安静了下来。一直靠着鲸鱼雕塑看过来的百濑重新抱起双臂，收起了下巴。

小岛脱掉鞋子，然后脱掉袜子，赤脚站在土上。她的手指插入领带和衣领之间，解开领带，卷起来放进外套口袋。她的动作慢极了。然后她脱下外套，扔在地上，从上至下依次解开衬衫纽扣。接下来，她解开裙子，任其滑落在地上。她的脚下形成了一个深蓝色的圈。她平展的裙子浸泡在水洼里，雨水很快就让裙子的颜色变深了。小岛光着脚，穿着白色背心和灯笼裤。她脱下深蓝色的灯笼裤扔在地上，只留下了白色内裤。雨水使得布料粘在她的身上,雨滴在布料上流动,形成许多像图案一样的条纹。没有人说话。小岛翻起背心,从肘部伸出手臂,又拔出脖子,背心掉在了地上。小岛裸着上半身,肋骨突出,她的身体小小的。然后她脱下内裤,变成了全裸。没有人说话,只有下雨的声音,小岛就站在那里。金色的雨点落在小岛脱下的校服上,反射着阳光的水洼闪闪发光,水花四溅,雨越下越大。

全裸的小岛笔直地站着,一动不动地站在二宫的眼前。小岛笑了。

没有人说话。

小岛的脸上浮现出了完美的微笑,她慢慢地转过身来,赤身裸体地面对二宫。然后,她张开双臂,睁大眼睛,张大嘴巴,大声地笑了起来。那骇人的笑声像从低处向高处缓缓地升起。当身体里的所有声音变成笑声后,小岛又像在确认一样,一步一步慢慢地走到身边的同学面前,用右手捧着左边第一个女生的脸颊,仿佛抱着她。那个女生发出一声短促的尖叫,向后飞跑,其他女生也都跟着她跑开了。小岛仍是微笑着,向站在旁边的男生伸出了手。那个男生露出嘲弄的笑容,但笑容很快就垮了。他为了拂去小岛的手而后退了一步,然后像女生们一样跑开。站在那里的同学们发出了一声声小声的怪叫,互相追赶着逃出了公园。那里只剩下二宫和百濑。我只穿着内裤和鞋子，站在金色的暴雨中，双手拿着一块石头，什么也做不了。

那里是我从未见过的小岛。

她站在那里。从她的表情中，我感受到了一种看不见、摸不着的力量，坚强地支撑着她。她的微笑是在教室里倒在我脚下时露出的笑容无法比拟的。

我仍然觉得难以置信。小岛裸着身体在暴雨中大声笑着。她笑着向二宫伸出双手，我似乎听见她在说：这是非常有意义的事哦。是她的声音，是我爱的小岛的声音。

我记得给她写过一封信，说她的声音和6B铅笔一样美。小岛在对我笑。小岛，这真的有意义吗？我问她。

> 当然了，我们不只是顺从，我们是在接受。而且我们知道什么是对的，我们有意志，而他们只是还不明白很多事。我之前也说过，他们总有一天也会明白。

小岛说这话时笑了，我很怀念她的微笑。

> 其实，弱小是有意义的，有正经的意义。

我默默地倾听她的声音。

可是……小岛说，如果弱小有意义，那么力量也有意义。这不仅仅是弱小的人为了正当化自己的弱小而创造的低级意义。

我看着她的脸突然变成了百濑。

百濑笑着对我说：如果某样东西有意义，那么一切事物都有意义；如果某样东西没有意义，那么一切就都没有意义。所以我不是说过吗，结果都是一样的。你和我，都是根据自己的情况来解释这个世界的，仅此而已。世界只有这一种组合，就是这么简单。所以你必须有力量。你必须获得压倒性的力量，将对方的想法、规则和价值观全部纳入其中。

我大喊道：我不想要这种力量！我不想被拖进去，也不想把别人拖进来！

你这么说可不行。

小岛温柔地说，因为我们知道什么是对的，我们必须证明这些疼痛和苦难绝对是值得的。我说过，这不仅仅只是我们的事。正因如此，你有你的眼睛，我有我的标志，这就是我们相遇的原因。一切事物都是有意义的。痛苦和悲伤有克服的意义。

　　小岛说着说着就笑了。

　　所以我们必须把每个人都拉到这个意义里来。

　　百濑用低沉的声音说。
　　我惊讶地看着小岛，她的脸仍然是小岛，但声音却是百濑。
　　然后，就在我以为听到小岛的声音时，百濑的脸出现了，说：这不是理想，是事实，不需要想象力或其他，只是一个既存的事实。
　　一阵笑声响起，这声音与百濑的声音无法区分，它们产生了共鸣，脸上的表情也无法区分。
　　我闭上眼，不停地摇头。
　　我睁开眼睛，小岛还在笑。
　　二宫睁大眼睛看着小岛，什么也没说。小岛用右手抚摩着二宫的脸颊。即使在远处,我也感觉到二宫的身体变得僵硬。小岛笑着举起手,轻轻地摸了摸他的头,二宫的脸上出现了从未有过的表情,转眼间就泛红了。二宫满脸通红,无法从她紧握的双手中抽出。小岛摸了一会儿二宫的脑袋,然后用梦游一般却无比坚定的步伐走向百濑。

就在小岛伸手去抓百濑的时候,二宫突然清醒过来,跑过去,从后面抓住小岛的头发把她拖倒。赤身裸体的小岛摔进了水洼,水花四溅,哗哗地打在她的背上。我扔下手里的石头,跑向小岛。二宫满脸通红地低头看着我和小岛,百濑松开双臂,摩挲着嘴唇,看着小岛,半月形的眼睛开心地笑着。

"干什么呢?"公园外传来一个响亮的声音。我惊讶地回头,只见一个中年妇女一手撑伞,另一只手里拿着一个塑料袋,探头看着我们。二宫拍了拍百濑的胳膊后先行跑开,接着百濑往相反的方向跑去。

"哎!你们在干什么?!别跑!"我看见那个女人径直向公园走来。小岛赤身裸体地微笑着,躺在地上一动不动,我支撑着她的肩膀扶她起来,把被雨淋湿变得乱糟糟的校服捡起来,披在她的身上。雨势变小了,阳光强烈起来,小岛的皮肤发出了白色的光芒。小岛靠着我,笑着哭了。她微笑地看着我,眼睛里涌出许多眼泪。泪水混杂着泥土、雨水流走了。
"很疼吧。"我说,"小岛,疼吗?疼吗?"我不停地重复,泪水从眼眶扑簌簌地落下。一个惊慌失措的声音说："你没穿衣服,她也没穿衣服,你们在干什么?!"我听见塑料袋摩擦的声音,她摇晃着我的肩膀,让我留在这里,可我没有回应。我一遍遍地呼唤着小岛的名字,摩挲着她的肩膀。小岛边笑边哭,一言不发。我搂着小岛的脖子,眼里充满了泪水,它们落在小岛的脸上,和着雨水消失了。这泪水不是因为悲伤而流,是为我们无处可去的事实而流,为我们只能像这样生活在一个世界里而流,除此以外,也为没有其他可供我们选择的世界而流,为这里的一切而流。我不停地呼唤小岛的名字。过了一会儿,有人来了。小岛也看着我,直到她被盖上毯子,被大人们抱走。那是我最后一次见到小岛。

　　小岛是我唯一的、珍贵的朋友。

9

我和妈妈像平时吃饭时那样面对面地坐在椅子上,谁也没说话。妈妈为我倒了茶,接着,仿佛刚想起来似的起身给自己倒茶,看到我空了的茶杯后又续上,如此重复了几次。

距离鲸鱼公园发生的事情过了两天。在此期间我没有上学,老师和同学的家长来了,叽叽喳喳的,很是吵闹。妈妈没让他们进来家里,而是告诉他们我会去学校解释后就让他们回去了。我没有从房间里出来。

"吃饭了。"妈妈说,"在电视里不是经常能看到的吗?孩子将自己关在房间里不出来,所以父母就把饭放在房间门口。要是孩子备考什么的,就把饭端到他房间的桌子上。不过除此以外,大多数情况都是放在门口。过会儿碗空了再拿回厨房。我这是第一次,倒也还不赖。"她说罢,尴尬地笑了。"唉……

我也说不好。"

"嗯。"我回应。

"你能吃下,我还是高兴的。"

"嗯。"

"我待会儿要去学校,不过去之前想和你聊聊。"

"嗯。"

"这种事,每个人都会按照各自喜欢的方式描述。"

"嗯。"

"可我只听你说的。"

"嗯。"

"想说什么都行,不想说的就不说。"

我讲了在学校被欺凌的事,最近一年和以前发生的那些事。我原以为描述这些事需要很久,可实际上说起来却没有。"那个""这个""那种心情""那种感觉"……我变着法地使用各种词汇。待我讲完后,那些事仿佛真的只发生在这短短几分钟里。妈妈托着脸,偶尔点点头,默默地听着。

"我的想法是……"经过了一阵长长的沉默后,妈妈转动着手里的茶杯说,"学校不去也行。不过,高中不同于初中,如果你想上学,我们就一起考虑入学的办法。"

"嗯。"我回应。

"没什么事是不做不行的。"妈妈笑着说,"不做也无所谓。"再次重复道。

"嗯。"

"没必要理会那些事,我们一起想想好办法吧!什么都行,只要去想,办法多的是。"妈妈说着就笑了。

接着我又讲了眼睛的事情。我慢慢地讲述了不知道自己该做什么,讲我和小岛的约定,讲虽然不知道眼睛能否治愈,但我们觉得做手术可能就是向他们屈服,讲小岛反复说正是我的眼睛使我成了我自己,讲它们如何给予我支持、对我有多么特别。妈妈默默地听着。在一番犹豫后,我说起了亲生母亲的事。我告诉她,我的生母就是斜视,我还有一张她的照片。

妈妈默默地盯着她整齐排列在餐桌上的指尖,一动不动。过了一会儿,她拿起茶杯,起身泡茶。我听见她给水壶注水、点火的声音,接着是水沸腾的声音。我们听着这声音沉默了许久,仿佛其中有重大的意义。

"我认识你的亲生母亲。"妈妈说,"所以我知道她的眼睛。"

"你们是朋友?"

"不,只是认识而已。"妈妈站在那儿,继续说,"我以为你就算不记得她,只要看到照片就能知道,你们的眼睛是一样的。你不是因为眼睛来找过我吗？虽然我没能立即给出好的回答。因为我觉得，如果你想念亲生母亲，你的眼睛和亲生母亲之间存在联系，那我什么都不能说，而且我本来也觉得斜视是很自然的事。"

过了一会儿，"可是……"妈妈看着我说，"做手术吧！"

我看着她的脸。

"虽然这件事需要你来决定，不过我还是想说：'做手术吧！'"妈妈说着笑了，"眼睛不过是眼睛而已，你不会因为手术而失去或损失重要的东西。因为该留的无论如何都会留下，不该留的无论如何也留不下。"

"嗯。"我说。

"不知道是不是得住院。"妈妈一边坐下，一边问我。

"他们说，我这个年纪最长也就住一天。"

"这么一说，感觉也不是什么大事。"妈妈笑着说，"感觉就像好不容易有个机会，不如大张旗鼓地办。"

"是吗？"我笑了，妈妈也笑了。

"得准备手术费吧。"妈妈认真地说，"反正要做，希望能请日本最好的名医主刀，也不知道这样的名医在哪儿。"

"听说是新人医生主刀。"我说。

"是吗？"

"好像谁都能做。"

"先不说花多少钱,这可是眼睛手术啊!"妈妈皱着眉说,"要花多少呢?"

"这个……"我说,"一万五千日元。"

"一万五千日元啊。"妈妈重复道。

* * *

"嗨,你好。"

医生看见我时,抬手在脸旁挥了挥,微笑地看着我。我和妈妈冲医生低头打了招呼。那是一个阳光明媚的下午。医院大厅一如既往地挤满了人,充斥着一股只有医院才有的味道。妈妈继续低着头询问手术的问题,于是我在她耳边偷偷地告诉她,这不是要给我做手术的医生。

"啊,是吗?"妈妈羞赧地说着,再次低头致歉。医生笑着回应"没什么"。

"斜视手术还是年轻时做比较好,现在正好,是吧?"医生微笑着说,我们听了,点了点头。

"虽然你的主刀医生是我的朋友,可我还是要说,他是个好医生。听起来像在撒谎,不过他确实是斜视治疗的专家。有很多患者专程从很远的地方来找他做手术呢。"

"承蒙您百忙之中的介绍,非常感谢!"妈妈再次低头致意。医生笑了，似乎在说"别在意"。就这样，他们寒暄了一会儿。广播里不停地呼叫名字，陪护人员喋喋不休地解释，一位护士牵着一位老人的手从我们的身边慢慢走过。我们目不转睛地看着这一切。不一会儿，我的名字被叫到，妈妈去接待处办理入院和手术的手续。我告诉她，我去外面等她。

"您不坐诊吗？"我边走边问医生。

"周三下午没有。"医生的声音里带着哈欠，他伸了个懒腰，"你最终决定局部麻醉？"

"不，决定全身麻醉。"

"你害怕吗？"医生笑了。

"因为很可怕嘛。"我也笑了。

"嗯，确实是。"医生又打了个哈欠，"不过今天可真暖和，之前还那么冷来着。"

十二月的空气十分清澈，午后的时光缓缓地流淌着。我们坐在长椅上，看着来来往往的人们。仔细聆听，可以听见许多声音——自行车的铃声、孩子们的哭声、远处传来的建筑工地的声响、附近的鸟鸣……不管声音多小，都被风吹着钻进了一切事物的缝隙里，不停地晃动。

"我也不知道为什么要做手术。"我下意识地说出了口，仿佛话语擅自跑了出来，"我不知道这选择是否正确。"

"嗯。"医生简短地回应道，接着我们都陷入了沉默。

"我为什么要做手术呢？"我自言自语似的呢喃。

过了一会儿，医生说："不为什么，不是吗？如果是斜视，就想要不斜视的眼睛，我不觉得这想法有错。"

我一言不发。

"人们即使在正常的情况下也会发生变化，证据就是之前你的鼻子很肿，但现在已经完全好了。你可以把眼科手术看成其中的一种。"医生靠着长椅，伸展两臂，来回转动着脖子。"你还年轻得很，还要活几十年。如果手术成功，你很快就能习惯新眼睛，然后直到有一天，你会想不起来自己曾经是斜视。"他说着笑了。

"是吗？"我说，"我会忘记吗？"

"会的。"医生笑了。

"你会完全忘记，甚至意识不到已经忘记了。"医生说罢，用指尖摸了摸自己的鼻子，笑了，"不过我是不会忘记的。"

我们都笑了。

*　*　*

我闻到了消毒液的气味，隐约看到了病房里的白色床铺，不久，四肢开始恢复了知觉。我知道手术结束了，自己从麻醉中醒来。我听到一个声音问我"怎么样"，我转过头看见妈妈正一脸担忧地看着我。我用手摸了摸右眼，上面戴着大大的眼罩，感觉眼球在层层纱布下来回转动。手术只在右眼进行，有些拉扯感，不过不怎么疼。

"今天就这样睡吧，明天出院。"妈妈说。我的脑袋还不清醒，躺在床上点了点头。

过了一会儿，眼科医生走了进来，问我痛不痛。我回答"不痛"，把手放在右眼眼罩上面摸了摸。医生说明了接下来的安排，给我讲了麻醉的事情和手术成功的过程、眼药水的涂抹次数和即将开始做的复健。我怔怔地点了点头，表示明白了。不一会儿我又睡着了。

第二天上午，妈妈来接我。待她办完了出院手续，我们一起走出医院。天空万里无云，晴朗得一碧如洗。我之前一直都只使用左眼，因此应该没什么变化才是。然而，或许是右眼戴着眼罩的缘故，我感觉走路困难。我们都没有说话。妈妈中途想起保险卡还放在医院，说要回去取，于是我说在原地等她。

我站着的地方位于林荫大道中央。我闭上双眼，摘下右眼的眼罩，戴上眼镜后缓缓地睁开。

眼前是我从没想象过的风景——在十二月的冷冽空气中，成千上万的树叶闪耀着湿润的金色光芒，几乎每片树叶的光芒都在竞相争辉，不断向我涌来。我屏住呼吸，任由身体陷入其中。我感觉这一秒和下一秒之间的距离被一只巨物的手轻轻地拉长了。我甚至忘记了呼吸和眨眼。我钻进黑黝黝的鲜亮的树皮里，在身体最柔软的地方感受它的质地。我甚至可以进入其中，用指尖挑出争辉的金黄色树叶缝隙里不断闪烁的每一粒光。当时正值中午，却看不见太阳。万物仅凭自己的身体在闪闪发光。我无法相信眼前的光景，张着嘴不停地摇头。我跪在地上，捡起一片叶子盯着看。这片叶子有着我从未了解的重量，有着我从不知道的冰冷和轮廓。我的眼眶蓄满了泪水，泪水从中汩汩地涌出。眼前的世界似乎在一次次地重生。

一切都美极了。在这条我曾经无数次经过的林荫大道的尽头，我第一次看到了发出白色光芒的另一侧。我认出了它，泪水不断地从眼睛里涌出，世界第一次在我的眼里连成了一幅画，第一次有了深度，还有了另一侧。我睁开眼，用尽全力地睁开眼，映入眼帘的一切都是那么美。我哭着站在这个美丽的世界，又没有站在任何地方，眼泪扑簌簌地流着。我眼里的一切都美极了。可这只是纯粹的美。我不能告诉任何人，也不能让任何人知道，这只是一种纯粹的美。